Buchners Schulbiblioth...

Birgit Vand...

DAS
MUSCHELESSEN

TEXT & KOMMENTAR

Buchners Schulbibliothek der Moderne
Herausgegeben von Karl Hotz.

Heft 10

Birgit Vanderbeke
Das Muschelessen

Kommentiert von Gerhard C. Krischker
und Ansgar Leonis.

2. Auflage 2 ⁸ ⁷ ⁶   2016 14 12
Die letzte Zahl bedeutet das Jahr dieses Druckes.
Alle Drucke dieser Auflage sind, weil untereinander unverändert,
nebeneinander benutzbar.

www.ccbuchner.de

ISBN 978 3 7661 4360 0

Inhalt

Vorbemerkung

Die Erzählung *Das Muschelessen*, 1990 mit dem renommierten Ingeborg-Bachmann-Preis ausgezeichnet, avancierte rasch zu einem „Kultbuch" und die Autorin zu einer literarischen Neuentdeckung. Der Text bietet gerade für junge Leser Identitätsangebote, aber auch Ansatzpunkte, gewohnte Lebensformen und Lebenswelten in Frage zu stellen. Diese Spannung trägt mit zum Lesevergnügen bei. Die Kommentierung des Textes will beides befördern: das vertiefte Verstehen und die Lesefreude.

Bamberg / Mainz, Oktober 2000
Gerhard C. Krischker & Ansgar Leonis

DASS ES AN DIESEM ABEND zum Essen Muscheln geben sollte, war weder ein Zeichen noch ein Zufall, ein wenig ungewöhnlich war es, aber es ist natürlich kein Zeichen gewesen, wie wir hinterher manchmal gesagt haben, es ist ein ungutes Omen gewesen, haben wir hinterher manchmal gesagt, aber das ist es sicherlich nicht gewesen, und auch kein Zufall. Gerade an diesem Tag wollten wir Muscheln essen, ausgerechnet an diesem Abend, haben wir gesagt, aber so ist es wiederum auch nicht gewesen, keinesfalls kann man von Zufall sprechen, wir haben nachträglich nur versucht, dieses Muschelessen als Zeichen oder als Zufall zu nehmen, weil das, was auf dieses ausgefallene Muschelessen dann folgte, tatsächlich von solcher Ungeheuerlichkeit gewesen ist, dass sich am Ende keiner von uns mehr davon erholt hat, und schließlich haben wir immer Muscheln gegessen, wenn es etwas Besonderes sein sollte, und dies ist etwas Besonderes gewesen, allerdings in einem ganz anderen Sinne, als wir uns vorgestellt hatten. Im Grunde ist das, was wir uns vorgestellt hatten, als wir das Muschelessen geplant hatten, im Verhältnis zu dem, was dann daraus geworden ist, von ziemlich geringfügiger Besonderheit, von einer untergeordneten jedenfalls, während das, was dann geworden ist, von erheblicher, ja gewaltiger und außerordentlicher Besonderheit ist, aber keinesfalls kann man sagen, es ist ein Zeichen oder ein Zufall gewesen, dass es an dem Abend Muscheln hat geben sollen, was die Lieblingsspeise von meinem Vater gewesen ist, unsere ist es eigentlich nicht gewesen, nur mein Bruder hat Muscheln auch gern gegessen, die Mutter und ich haben uns nicht viel daraus gemacht. Ich mache mir nicht viel daraus, hat meine Mutter immer gesagt, während sie über die Badewanne gebeugt stand und abwechselnd ein kleines Küchenmesser und die rote Wurzelbürste in der Hand hatte, beide Hände sind knallrot gewesen, weil sie sie beim Muschelputzen unters fließende kalte Wasser gehalten hat, und dann hat sie gründlich kratzen, schrubben, bürsten und mehrfach spülen müssen, weil mein Vater nichts mehr gehasst hat, als wenn er beim Essen auf Sand in den Muscheln gebissen hat, dass es ihm zwischen den Zähnen geknirscht hat, das hat ihn förmlich gequält. Ich mache mir eigentlich gar nicht so viel daraus, hat meine Mutter auch an dem Nachmittag gesagt und sich die eiskalten Hände gepustet, aber es ist eben doch etwas Besonderes gewesen, deshalb hat sie die vier Kilo Muscheln am Mittag auch eingekauft und gedacht, dass der Vater, wenn er am Abend von

5

seiner Dienstreiste heimkommen würde, seine Freude an einem Muschelessen haben würde, weil er das Kurzgebratene und Gegrillte, die Fleischklumpen, die es auf Dienstreisen gab, meistens satt hatte, und dann hat er sich etwas Anständiges von meiner Mutter bestellt, jedenfalls etwas Hausgemachtes, was es in diesen Tagungshotels nicht gab. Wenn mein Vater dann heimgekommen ist, hat er von diesen Tagungshotels sowieso die Nase voll gehabt, sie sind komfortabel, aber doch ungemütlich, hat er gesagt, mein Vater ist überhaupt nicht gern auf Dienstreisen gefahren, er ist am liebsten bei seiner Familie geblieben, und es ist immer etwas Besonderes gewesen, wenn er hernach wieder heimgekommen ist, traditionell hat es bei uns dann Pellkartoffeln mit Quark und Leinöl gegeben, manchmal auch Erbsensuppe, und mein Vater ist wegen seiner Jugend, in der es das auch gegeben hat statt der kurzgebratenen und gegrillten Fleischklumpen, wehmütig gewesen und hat es sich oft bestellt, aber Muscheln hat er sich eigentlich nie bestellt, weil sie Muscheln immer gemeinsam gemacht haben, mein Vater und meine Mutter, und es ist also von vornherein an diesem Tag eine besondere Ausnahme gewesen, dass meine Mutter allein, beide Hände knallrot unter dem fließenden kalten Wasser, die Muscheln geputzt hat, völlig normal dagegen ist es gewesen, dass sie dabei gesagt hat, ich mache mir nicht viel daraus, was sie immer gesagt hat, wenn meine Eltern zum Muschelputzen im Bad verschwunden sind, sie haben sich abgewechselt mit dem Über-die-Wanne-Beugen, damit sie nicht steif davon würden, und aus dem Badezimmer ist eine gute Stunde lang das Lachen von meinem Vater und ein Quietschen von meiner Mutter herausgeschallt, ganz früher haben sie manchmal „Brüder zur Sonne zur Freiheit" gesungen, was sie drüben gelernt hatten und immer haben singen müssen, „Völker hört die Signale" und all das, meine Mutter mit ihrem Sopran und mein Vater mit seinem Bariton, aber später dann, in der Firmensiedlung, haben sie nicht mehr gesungen. Wenn sie beide mit hochroten Händen herausgekommen sind, ist ihnen wegen der übermütigen Laune, die sie dort drinnen gehabt hatten, etwas schamig zumute gewesen, aber in der Küche ist das Herumgealbere weitergegangen, und nach und nach haben wir herausbekommen, dass mein Onkel, zu dem sie ihre verspätete Hochzeitsreise gemacht hatten, ein Muschelessen für sie gekocht hatte, was sie nicht gekannt haben, weil es natürlich im Osten keine Miesmuscheln gab, dass das also etwas

Fremdartiges für sie gewesen sein muss, und dann haben sie daran auch eine gewisse Anzüglichkeit entdeckt, etwas Frivoles, und immer geschäkert, wenn es Muscheln gab, wegen dieser verspäteten Hochzeitsreise ans Meer ist das Schäkern beim
5 Muschelessen bei uns normal gewesen. Und zwar bis zu diesem Tag, von dem es von vornherein feststand, dass er ein besonderer, sozusagen historischer Tag würde in der Familiengeschichte, weil die diesmalige Dienstreise meines Vaters der letzte Meilenstein auf dem Weg zur Beförderung gewesen sein sollte, keiner
10 von uns hat daran gezweifelt, dass mein Vater Erfolg haben würde, wochenlang sind wir am Wochenende mucksmäuschenstill gewesen, weil mein Vater den Vortrag geschrieben und eigenhändig mehrfarbige Folien dazu gemalt hat, wir haben immer gesagt, wie schön diese Folien geworden sind, nun, wie
15 findet ihr sie, hat mein Vater gefragt, und wir haben immer wieder gesagt, wie besonders schön wir sie finden, außerdem haben wir alle gewusst, dass mein Vater im Vorträgehalten brillant und stets außergewöhnlich erfolgreich gewesen ist, mein Vater hat bekanntermaßen außergewöhnliche didaktische Fähigkeiten in
20 diesen Vorträgen entwickelt, auf die er sehr stolz gewesen ist, und dann hat er vor Publikum eine gewinnende und einnehmende Art gehabt, einen Charme, das ist zu seiner Kompetenz hinzugekommen, die er auf einem der schwierigsten und heikelsten Gebiete der Naturwissenschaften vorweisen konnte, aber
25 durch diese einnehmende Art vor dem Publikum hat die Kompetenz nicht so streng gewirkt, und die Leute sind regelmäßig begeistert von seinen Vorträgen und meinem Vater im allgemeinen gewesen. Dass mein Vater an dem Abend so gut wie befördert die Wohnung betreten würde – natürlich noch nicht offiziell,
30 aber man hätte ihm das sofort von oben her signalisiert –, das war der besondere Anlass, für den meine Mutter, das kleine Küchenmesser und die Wurzelbürste abwechselnd in der knallroten Hand, vier Kilo Muscheln Stück für Stück unter eiskaltes Wasser hielt und kratzte und schrubbte und mehrfach spülte,
35 weil mein Vater es nicht gut leiden konnte, wenn ihm der Sand zwischen den Zähnen knirschte. Dabei hat sie lustig geschimpft, dass sie sich nicht so viel daraus macht, und über ihr krummes Kreuz gejammert, aber helfen haben wir nicht dürfen, lasst nur, wenn hinterher Sand drin ist, seid jedenfalls ihr nicht schuld, hat
40 meine Mutter gesagt, aber wir haben dafür die Pommes Frites schneiden dürfen, die immer zu Muscheln dazugehören und

7

woraus nun wiederum ich mir nicht viel gemacht habe, obwohl
meine Mutter die beste Pommes-Frites-Macherin ist, die ich
kenne, mein Bruder mag für sein Leben gerne Pommes Frites,
und er hat auch immer gesagt, die sind unübertroffen, einmal hat
er sogar alle Freunde, die das bezweifelt und ihn deswegen verspottet haben, zu uns nach Hause eingeladen, was bei uns sonst
nicht üblich war, und meine Mutter hat Pommes Frites für sie
alle gemacht, sie haben begeistert und überzeugt alles aufgeges-
sen, und mein Bruder ist sehr stolz auf meine Mutter gewesen;
seitdem haben wir ihr manchmal schnippeln geholfen, und an
dem Abend haben wir also Kartoffeln geschält und in Stäbchen
geschnitten, und dabei sind wir allmählich aufgeregt geworden.
Hinterher haben wir gesagt, von da an sind wir unruhig gewesen,
von da an haben wir etwas geahnt, man weiß ja hinterher erst,
was kam; aber es kann genauso gut sein, dass wir nur einfach aufgeregt waren, weil wir gewartet haben, wir sind immer aufgeregt
gewesen, wenn wir auf meinen Vater gewartet haben, es ist
immer eine Spannung dabei gewesen, im nachhinein übertreibt
man vielleicht, vielleicht haben wir nichts geahnt, meinem Bruder zum Beispiel ist nichts davon aufgefallen, während uns beiden anderen mindestens unruhig zumute war, nun sind aber wir,
meine Mutter und ich, sowieso die unruhigen, während mein
Bruder immer erst unruhig wird, wenn es gar nicht mehr anders
geht, bis dahin kann er gelassen alle Indizien und alles Beun-
ruhigende übersehen. Ich jedenfalls kann mich genau erinnern,
wann bei mir die unruhige Erwartungsstimmung umgeschlagen
ist, ich habe nämlich in dem Moment auf die Uhr geschaut, und
es ist drei nach sechs gewesen. Um drei nach sechs ist meine
Stimmung ins Ungute, ja, ins geradezu Unheimliche gekippt.
Die Muscheln haben gerade unter der Küchenuhr gestanden,
und als ich das Geräusch gehört hatte, habe ich erst zu den
Muscheln hin und dann sofort zur Küchenuhr hoch geschaut.
Das Geräusch ist von den Muscheln gekommen, die schon
geputzt und gebürstet in diesem großen, schwarzen Emailtopf
gelegen haben, den wir immer zum Muschelkochen benutzt
haben, weil er als einziger groß genug war, die vier Kilo
Muscheln zu fassen; es ist derselbe Topf gewesen, hat meine
Mutter erzählt, den sie bei ihrer Flucht aus dem Osten mit
hatten, weil er zum Windelwaschen, was sie ja mit der Hand
machen musste, vielmehr mit einem Kochlöffel, unentbehrlich
war. Ich habe gesagt, ist das nicht unpraktisch, einen so riesen-

8

großen Topf auf die Flucht mitzunehmen, ich habe es mir geradezu lächerlich vorgestellt, wie sie geflüchtet sind über den Stacheldraht und einen so großen Topf mit sich herumgetragen
haben sollen, aber meine Mutter hat gesagt, du machst dir
vollkommen falsche Vorstellungen von dieser Flucht, wir sind
schließlich nicht Hals über Kopf getürmt, hat sie gesagt, das war
doch von langer Hand vorbereitet. Wir haben uns gern erzählen
lassen, wie das gegangen ist, dass sie die Sachen hinübergeschafft
hat nach Westberlin, auch die Geschichte mit den Bananen,
deretwegen mein Vater einmal fast an der Grenze verhaftet worden wäre, ausgerechnet bei seiner ersten und auch gleich letzten
Fahrt nach Berlin, er muss sich wirklich zu ungeschickt angestellt
haben, er hat auch selbst gesagt, dass er für solche Geschichten
nicht zu gebrauchen sei, und eben das einzige Mal, als er es doch
gewagt hat, ist er gleich übermütig gewesen und hat zwei Kilo
Bananen mit rüberzunehmen versucht aus dem Westen, prompt
haben sie ihn erwischt, aus der U-Bahn gewinkt und verhört und
alles, aber dann haben sie ihn doch laufen lassen. Ich weiß gar
nicht, ob sie wirklich die Leute wegen ein paar Bananen verhaftet haben, wo das halbe Land republikflüchtig war, ich kann es
mir nicht so denken, aber mein Vater sagt, das war Widerstand,
politischer Widerstand, aber jedenfalls ist er dann nicht mehr
gefahren, und den großen Emailtopf hat meine Mutter rüber-
gebracht zu einer Freundin, mich hat sie auch immer mitgehabt
auf der Fahrt nach Berlin, weil das unverdächtiger aussieht, Mutter mit Kind, und außerdem musste sie wirklich zur Charité, weil
ich was an der Hüfte hatte. Unterwegs ist sie einfach ausgestie-
gen und hat der Freundin die Sachen gegeben, so hat sie es immer
erzählt, den Hinweg haben wir winterlich eingepackt unternom-
men, den Rückweg hatten wir nicht mehr viel auf dem Leib, und
es ist schon gefährlich gewesen, euer Vater ist nicht zu gebrauchen für solche Geschichten, hat meine Mutter gesagt, wenn wir
uns über die Sache mit den Bananen gewundert haben. Aus dem
Topf jedenfalls ist das Geräusch gekommen, und als ich hinge-
schaut habe, konnte ich gar nicht anders, als gleichzeitig auch auf
die Uhr zu schauen, und da war es drei nach sechs. Und genau in
dem Moment ist meine Stimmung umgeschlagen. Ich habe auf
den Topf gestarrt, aus dem das Geräusch kam, und ich wusste ja,
dass die noch leben, die Muscheln, aber dass sie im Topf Geräusche machen, das habe ich nicht gewusst, weil ich noch nie dabei
gewesen war, wenn meine Eltern Muscheln gekocht haben, erst

habe ich auch gedacht, es ist etwas anderes, dabei kam es eindeutig aus dem Topf, und es waren eindeutig sonderbare Geräusche, von denen mir unheimlich wurde, natürlich auch, weil wir aufgeregt und nervös waren, und da kam das Geräusch noch dazu. Ich habe die Augen nicht mehr vom Topf wenden können und aufgehört, Kartoffeln in Stäbchen zu schneiden, weil das Geräusch mich verrückt gemacht hat, außerdem haben sich sofort die Haare an meinen Armen aufgestellt, das machen sie immer, wenn es mir gruselig ist, und man sieht das leider sofort, weil ich schwarze Haare auf den Armen habe, deswegen hat meine Mutter auch gleich gesehen, dass irgend etwas mir unheimlich war, aber wusste natürlich nicht, dass es das Muschelgeräusch aus dem Topf war, weil sie das schließlich kannte. Ich habe gefragt, hört ihr denn nichts, hört doch mal. Das sind die Muscheln, hat meine Mutter gesagt, und ich weiß noch, dass ich gesagt habe, ist das nicht furchtbar, dabei wusste ich ja, dass sie noch leben, ich hatte mir nur nicht vorgestellt, dass sie das Schalenklappergeräusch machen würden, ich hatte mir gar nichts vorgestellt, als dass man sie kocht und isst und fertig. Mein Bruder hat es nicht furchtbar gefunden, und meine Mutter hat gesagt, dass sie sich eben öffnen würden, und der ganze Muschelberg würde sich davon bewegen. Mir ist das grausig gewesen, dass sich der ganze Muschelberg bewegte, weil sie sich öffneten, dabei habe ich natürlich kein Mitleid mit ihnen gehabt, ich esse sie schließlich, auch wenn ich mir nichts daraus mache, und es ist klar, dass sie vorher noch leben, und wenn ich sie esse, leben sie nicht mehr, ich esse auch Austern, und da weiß ich sogar, dass sie noch leben, während ich sie esse, aber sie machen nicht dieses Geräusch. Tatsächlich habe ich eine Art Wut auf die Muscheln gehabt, weil sie sich öffneten, anstatt still auf dem Haufen liegen zu bleiben, ich habe gesagt, ist das nicht unanständig, dass sie sich öffnen und dieses Geräusch dabei machen, unanständig und indiskret, gleichzeitig habe ich gedacht, das kommt mir so indiskret vor, weil wir sie anschließend töten, es wäre mir lieber gewesen, wenn ich nicht daran hätte denken müssen, dass sie vorher noch leben; wenn sie so schwarz und geschlossen da liegen, braucht man sich nicht genau vorzustellen, dass sie lebendig sind, man kann sie ganz gut als Ding betrachten, und dann ist gar nichts dabei, sie in kochendes Wasser zu schütten, nur wenn man darüber nachdenkt, dass sie noch leben, dann ist es grässlich. Wenn wir sie jetzt kochen würden, müsste ich dauernd denken, wir töten sie. Dabei finde ich es in Ordnung, dass Tiere getötet werden, weil man sie isst, nur möchte ich nichts mit dem Töten zu tun bekommen, das sollen andere machen, oder ich möchte nicht daran denken. Obwohl es mir gruselig war, bin ich hingegangen, weil ich nicht feige sein wollte, und es hat ekelhaft ausgesehen, wie sie da lagen und manche sich langsam öffneten, ziemlich langsam, und dann hat sich eben der ganze Haufen mit diesem Klappergeräusch bewegt. Es ist kaum zu glauben, wie ekelhaft, diese Kreaturen, habe ich gesagt, irgendwie japsend, statt Meerwasser kriegen sie Luft, in der sie nicht atmen können, und gleich werden sie abgebrüht im kochenden Wasser, und dann gehen sie alle auf, aber dann sind sie hin, und plötzlich habe ich gedacht, vielleicht ist es nur ekelhaft, weil ich weiß, dass wir sie gleich töten. Vielleicht wäre es sonst nicht so widerlich; und ich habe mich auch erinnert, dass ich am Strand halb geöffnete Muscheln gesehen habe, ohne das Allergeringste dabei zu empfinden, ich habe sogar manche von diesen halbgeöffneten Muscheln zurück ins Meer geworfen, nicht eigentlich aus Mitleid und nicht alle, die ich gesehen habe, nur so aus einer Wallung heraus, und jedenfalls waren sie mir nicht ein bisschen unheimlich oder eklig wie diese hier. Meine Mutter und mein Bruder haben die letzten Kartoffeln in Stäbchen geschnitten und so getan, als ob sie nicht zugehört hätten, und ich habe zuletzt gesagt, wenn man von jemand wüsste, dass er in einer Stunde, sagen wir, stirbt, glaubt ihr, dass man sich dann vor ihm ekelt, ich bin ganz sicher gewesen, dass man sich vor so jemand ekelt, einfach weil man das weiß, und wenn man ihn eigenhändig ermorden würde wie wir jetzt die Muscheln, dann noch viel mehr. Über diesen Gedanken bin ich in eine ausgesprochene Todesstimmung geraten, die beiden anderen haben getan, als hörten sie mir nicht zu, das ist ja Massenmord habe ich gesagt, alle auf einmal, zur gleichen Zeit, durch kochendes Wasser, die Muscheln haben mich derartig aufgeregt, durch die Muscheln war eine Todesstimmung im Raum, es ist einfach nicht auszuhalten, habe ich auch gesagt, aber da hat meine Mutter streng gesagt, was du dir so vorstellst, dabei hat meine Mutter auch schon so überspannte Gedanken gehabt; wenn mein Vater auf einer Dienstreise war, haben wir uns alle drei die überspanntesten Geschichten erzählt, und keiner ist entsetzt gewesen, aber bevor mein Vater nach Hause kam, ist das Überspannte bei uns verschwunden gewesen, besonders bei meiner Mutter, mein Vater hat Überspanntheiten kindisch gefunden,

11

mein Vater ist eher fürs Sachliche und Vernünftige gewesen, und meine Mutter hat Rücksicht auf seine Sachlichkeit und Vernünftigkeit selbstverständlich genommen und sich auf ihn um- und eingestellt, wenn er kam; und als meine Mutter gesagt hat, was du dir so vorstellst, habe ich gleich gewusst, jetzt hat sie sich umgestellt, und diese Ekelwut, die ich auf die Muscheln hatte, ist jetzt auf meine Mutter gerichtet gewesen, ich habe gesagt, man darf doch noch nachdenken, oder, aber meine Mutter hat gesagt, was du so Nachdenken nennst, kannst du nicht lieber was Nützliches denken statt solcher Gruselgedanken. Bei uns in der Familie haben Gruselgedanken und Phantasien als reine Gedankenverschwendung gegolten, besonders wenn mein Vater daheim war, und jetzt war er zwar noch nicht da, aber er konnte jede Minute kommen. Kann man sie nicht dazu bringen, dass sie sich wieder schließen, habe ich dann gefragt, ich finde nicht, dass man Gedanken verschwenden kann, weil sie von sich aus die schönste Verschwendung sind, die es gibt, und ich bin der Sache auf den Grund gegangen und habe festgestellt, dass sich die Muscheln schließen, wenn man mit einem Messer dazwischengeht, das löst dann irgendeinen Reflex aus, und die Muscheln gehen blitzartig schnell wieder zu. Schaut euch das an, habe ich gesagt und das kleine Küchenmesser, das meine Mutter zum Putzen verwendet hat, in jede Muschel einzeln hineingesteckt, das Klappern hat mich dabei nicht gestört, und schon ging die Muschel zu. Auf die Art haben sich tatsächlich alle Muscheln geschlossen, und irgendwie hat mich das Muschelschließen beruhigt, es hat mich nicht mal gestört, dass mein Bruder gesagt hat, du spinnst.
Die Pommes Frites sind fertig geschnitten gewesen, und meine Mutter hat gesagt, so, jetzt könnte er eigentlich kommen. Wir sind schon spät dran gewesen mit dem Abendbrot, bei uns wurde immer um sechs gegessen, weil mein Vater um halb sechs nach Hause kam vom Büro, und dann hat er erstmal die Zeitung gelesen und in Ruhe sein Bier getrunken, während die Mutter das Abendbrot fertig machte, und Punkt sechs, wie gesagt, wurde bei uns gegessen, außer wenn er auf Dienstreise war, dann kippte der ganze Tagesplan um, und alles war anders als sonst; es gab Kakao und Käsebrötchen, wir aßen, wann immer wir wollten, manchmal im Stehen in der Küche und aus der Hand. Ich glaube nicht, dass wir je mit Messer und Gabel gegessen haben, während mein Vater auf einer Dienstreise war. Wir sind richtig verwildert, während du weg warst, hat meine Mutter gesagt, wenn unser

Vater gefragt hat, na, was habt ihr gemacht ohne mich. Es ist ganz schön, auch einmal zu verwildern, hat die Mutter immer ein bisschen wehmütig gesagt, weil es ihr nämlich genauso Spaß gemacht hat wie uns, und außerdem ist es viel weniger Arbeit für sie gewesen, wenn wir allein mit ihr waren, wir haben uns selten gestritten, und das Verwildern hat mir auch besser gefallen, aber mein Vater hat davon nichts wissen wollen, und da hat sie sich auf ihn umgestellt. Wie es jetzt gegen sieben gegangen ist, war sie jedenfalls umgestellt. Wir haben alle damit gerechnet, dass er hereinkommt und sagt, na, wie bin ich, weil er so gut wie befördert wäre, und wir hätten gesagt, großartig, was wir für einen klugen, erfolgreichen Vater haben, und meine Mutter hätte sich auch sehr gefreut, und dann hätten wir den Erfolg gefeiert und uns von der Dienstreise alles angehört, dabei hätten wir das Verwilderte ganz vergessen, nur war es jetzt sieben, und er ist noch nicht gekommen. Die Umstellerei auf unseren Vater ist etwas albern geworden und sinnlos, mein Bruder hat auch gesagt, wir sitzen hier rum wie bestellt und nicht abgeholt, aber meine Mutter ist rasch im Bad verschwunden und hat sich vorsichtshalber gekämmt und die Lippen mit Lippenstift nachgezogen, was sie vor einer Stunde schon mal gemacht hatte, und mit ihrem Feierabendgesicht ist sie herumgegangen und hat gesagt, er wird schon bald kommen. Meine Mutter hat sich oft an einem Tag gleich mehrmals umgestellt, und zu jeder Umstellung hat ein neues Gesicht gehört. In der Schule hat sie das seriöse Gesicht gehabt und ist streng gewesen, was sie zu Hause höchstens versucht hat, es hat aber nie geklappt. Die Schüler aber hatten alle Angst vor ihr, wir überhaupt nicht, aber die Schüler, ihr Schulgesicht war wirklich furchteinflößend, einmal haben wir bei ihr im Unterricht hinten gesessen und zugehört, mein Bruder und ich, wir hätten uns totlachen können und haben überhaupt nicht geglaubt, dass das unsere Mutter ist, so streng hat sie ausgesehen. Respekt ist eine Voraussetzung, hat sie gesagt, mein Vater hat auch gesagt, dass Respekt eine Voraussetzung ist, eine notwendige, sonst lernt man nichts, wir sind aber nie auf den Gedanken gekommen, vor unserer Mutter Respekt zu haben. Zu Hause hat sie das abgespannte, erschöpfte Gesicht gehabt, das Haushaltsgesicht, wenn sie mittags aus der Schule kam, hat sie gesagt, ich bin heute abgespannt, ich habe nach sechs Stunden Schule nicht mehr viel Kraft. Mein Vater hat oft gesagt, wie behandelt ihr eure Mutter, habt gefälligst Respekt vor ihr, mein Vater hat vergeblich versucht, uns den

Respekt vor der Mutter einzuflößen, den sie sich nicht verschaffen konnte bei uns, er hat gesagt, seht ihr denn nicht, wie sie sich für euch abrackert, sie schuftet den ganzen Tag; wir haben das Schuften und Rackern natürlich gesehen, wie sie die schweren Tüten und Taschen geschleppt hat; auch abends, wenn mein Vater nach Hause kam, hat sie noch ziemlich geschuftet und gerackert, und wenn kein Bier da war, ist sie schnell gelaufen, auch für die Zigaretten, alles, was mein Vater vergessen hat, auf dem Heimweg sich mitzubringen, das hat sie am Abend noch schnell geholt, mein Vater hat viel geraucht, und da hat meine Mutter oft laufen müssen, aber er hat das abgespannte Gesicht nicht sehen können von meiner Mutter, und da hat sie sich also umgestellt, das war dann ihr Feierabendgesicht, was sie sich abends im Bad um halb sechs schnell angemalt hat, bevor mein Vater nach Hause kam, dieses Feierabendgesicht hat aber nur eine Stunde etwa gehalten und mußte dann nachgezogen werden, und jetzt ist sie damit herumgelaufen und hat gesagt, er wird schon gleich kommen, und ich habe gedacht, ich mag es nicht, dass sie sich immer umstellt. Wenn mein Vater auf Dienstreise war, habe ich eher Respekt vor der Mutter gehabt, sie hat dann zwar auch versucht, etwas streng zu sein, aber im Grunde haben wir uns gut vertragen ohne die ganze Umstellerei; und vor allem hat sie nicht abends all unsre Sünden verpetzen können, da haben wir schon eher Respekt gehabt, sie hat auch manchmal selbst gesagt, Kinder, ist das nicht schön, nur wir drei, weil das Umstellen für sie wahrscheinlich das Anstrengendste war; wenn ich aber gesagt habe, warum machst du das eigentlich, das ewige Um- und Einstellen, hat sie geantwortet, so ist das in einer Ehe und im Beruf, das wirst du auch noch erleben. Ich bin ziemlich sicher, dass ich mich nicht umstellen werde, habe ich gesagt, aber sie hat darauf nur gelacht, du findest sowieso keinen Mann, sie hat im Ernst Angst gehabt, ob irgend jemand mich überhaupt nimmt bei meiner Unliebenswürdigkeit und dieser uncharmant störrischen Art, die ich von klein auf an mir gehabt habe. Ich bin mir aber nie sicher gewesen, ob es das Allererstrebenswerteste auf der Welt sei, mich abends um halb sechs jeden Tag umstellen zu müssen, mir hat es besser gefallen, wenn mein Vater auf einer Dienstreise war, das Umstellen ist mir unangenehm gewesen und peinlich, ihres und unseres auch, es mussten sich ja alle umstellen, wenn mein Vater nach Hause kam, damit das Ganze eine richtige Familie war, wie mein Vater das nannte, weil er keine Familie gehabt hat, dafür hat er die genauesten Vorstellungen davon entwickelt, was eine richtige Familie ist, und er hat ausgesprochen empfindlich werden können, wenn man dagegen verstieß. Aber jetzt ist er es selber gewesen, der dagegen verstoßen hat, als er um sieben Uhr immer noch nicht zur Tür herein war, das Feierabendgesicht von meiner Mutter ist reichlich nutzlos gewesen, und im Topf haben die Muscheln wieder angefangen, dieses Geräusch zu machen. Nur mein Bruder hat noch mächtigen Appetit auf Pommes Frites mit Muscheln gehabt, wir beiden anderen sind appetitlos gewesen und gereizt. Das kam vom Warten. Wenn mein Vater um sechs Uhr gekommen wäre, wäre es uns auch nicht aufgefallen, dass das Umstellen auf meinen Vater nutzlos und lächerlich war. Meine Mutter hat kurz nach sieben gesagt, es wird doch hoffentlich nichts passiert sein, und aus reiner Bosheit habe ich darauf gesagt, und wenn schon, weil ich plötzlich fand, dass mein Vater ein Spielverderber wäre, vielmehr ein Stimmungsverderber, auf einmal habe ich mir gewünscht, dass er nicht mehr zurückkäme, obwohl, wie gesagt, eine Stunde zuvor es ganz selbstverständlich gewesen ist, dass er nach Hause kommt und sagt, na, wie bin ich, weil er erfolgreich gewesen wäre, so sehr waren wir darauf eingestellt. Meine Mutter hat mich zwar angesehen, aber nicht so entsetzt, wie ich erwartet hatte, sondern mit schräggelegtem Kopf, dann hat sie gelächelt und gesagt, nun, wir werden sehen, und es hat nicht so geklungen, als würde sie es verwunderlich oder schlimm finden, wenn er jetzt einfach nicht käme, und langsam sind wir alle drei nicht mehr ganz überzeugt gewesen, dass er gleich kommen würde, nur dass wir in diesem Fall nicht gewusst haben, was wir mit diesen Muscheln anfangen sollten, die immer noch leise im Topf herumklapperten, weil wir geglaubt hatten, mein Vater würde Punkt sechs so gut wie befördert zur Tür hereinkommen, was ein Anlass zum Feiern und Muschelessen gewesen wäre. Auch bei meinem Bruder ist dann bald die Stimmung umgeschlagen, und es war längst noch nicht acht, da wussten wir alle, dass dieser Tag unerwartet besonders wäre, und wir haben uns nur nicht entscheiden können, was wir zu tun hätten, deshalb hat meine Mutter dann plötzlich die Muscheln gekocht. Man konnte sie ja nicht einfach so liegen lassen, wovon sie ungenießbar würden, also von selber sterben, da hat sie sie rasch gekocht, und ich habe gedacht, wer jetzt Muscheln essen kann, tatsächlich hat keiner Muscheln gegessen, nur mein Bruder hat Pommes Frites gegessen, die sie dann auch noch gemacht hat, während die Muscheln kochten, die Muscheln haben später in einer riesigen Schüssel bloß auf dem Tisch gestanden, und keiner hat sie gegessen. Als wenn sie verdorben und giftig wären, hat meine Mutter gesagt, ist es nicht so, mein Bruder hat aber gesagt, toxisch, weil es bei uns nicht mehr giftig geheißen hat, sondern toxisch seit einiger Zeit, meine Mutter hat aus Versehen noch giftig gesagt. Bei uns hat jetzt manches anders geheißen als früher, wir haben zum Beispiel, wenn wir uns an zu heißen Kartoffeln den Mund verbrannt haben, nicht mehr ausgerufen, oh verdammt, sind die heiß, manchmal haben wir es aus Versehen noch ausgerufen, weil wir uns noch nicht umgestellt hatten, aber dann hat mein Vater gesagt, Kartoffeln haben eine hohe Wärmekapazität, das ist genauer gewesen, aber wenn mein Vater auf Dienstreise war, haben wir uns wie früher an den Kartoffeln den Mund verbrannt und gesagt, verdammt, sind die heiß, und meine Mutter hat gesagt, dass die Muscheln verdorben und giftig aussähen, und als mein Bruder toxisch gesagt hat, hat sie gelacht und gesagt, sie sind richtig ungenießbar geworden. Hinterher haben wir uns gefragt, ob wir da schon wussten, was los war, aber natürlich konnten wir es nicht wissen, wir haben die ganze Zeit mit gedämpfter Stimme gesprochen, weil wir noch immer denken mussten, jeden Moment kann die Tür aufgehen, und er steht da und hat uns erwischt, wie wir über ihn reden, und das ist nun wirklich ungehörig, statt uns auf ihn zu freuen und auf ihn zuzuspringen, sitzen wir da wie ertappt, weil wir über ihn reden, und das hat keiner gewollt, und außerdem hat es sich keiner getraut, weil er da ausgesprochen empfindlich und ungemütlich sein konnte, hinter dem Rücken tuscheln konnte er auf den Tod nicht leiden, aber nachdem ich gesagt hatte, und wenn schon, und wenn ihm nun was passiert ist, wirklich aus purer Bosheit, weil meine Mutter sich schon auf ihn umgestellt hatte, aber sie nicht darauf entsetzt getan, sondern gesagt hatte, wir werden sehen, danach, weil es so geklungen hatte, als würde sie es auch nicht so sehr schlimm finden, haben wir uns überlegt, was wir machen würden, wenn er jetzt einfach nicht käme, und es hat sich bald herausgestellt, dass mein Bruder und ich es besser fänden, wenn er nicht käme, am besten überhaupt nicht mehr käme, weil es uns keinen Spaß mehr machte, eine richtige Familie, wie er es nannte, zu sein, in Wirklichkeit, haben wir gefunden, waren wir keine richtige Familie, alles in dieser Familie drehte sich nur darum, dass wir so tun mussten, als ob wir eine richtige Familie wären,

wie mein Vater sich eine Familie vorgestellt hat, weil er keine
gehabt hat und also nicht wusste, was eine richtige Familie ist,
wovon er jedoch die genauesten Vorstellungen entwickelt hatte,
und die setzten wir um, während er im Büro saß, dabei wären wir
gern verwildert, statt eine richtige Familie zu sein. Das ist sehr
zögernd herausgekommen, natürlich, ich habe erst gar nichts
dazu gesagt, weil ich gedacht habe, wenn er am Ende doch noch
kommt, petzt die Mutter alles, und auch mein Bruder hat
gedacht, sie petzt, und ich habe auch gedacht, mein Bruder petzt,
weil er sich bei meinem Vater lieb Kind machen will, und mein
Bruder hat von mir auch gedacht, ich petze, weil ich zeigen will,
dass ich Vaters Tochter bin, damals haben wir nämlich noch
immer gesagt, ich bin Vaters Tochter, und mein Bruder ist
Mutters Sohn, weil mein Bruder sehr anschmiegsam war, ein
Schmusekind, und immer die Mutter geküsst hat, mich nicht,
weil ich es mir heftig verbeten habe, ich bin nach meinem Vater
geschlagen, habe ich gedacht, der ein Logiker war, und meine
Mutter und mein Bruder waren alles andere als Logiker, deswegen haben wir, mein Vater und ich, sie immer verspottet, und
sie haben sehr gezögert, etwas zu mir zu sagen, sich über den
Vater etwa bei mir zu beklagen, weil sie dachten, ich verpetzte
sie, damit alle sehen, dass ich Vaters Tochter bin, in Wirklichkeit
haben alle gepetzt, jeder hat jeden verpetzt, wenn ich es mir
genau überlege, und mein Vater hat seine Last gehabt mit der
Petzerei der gesamten Familie, aber er hat es auch oft genossen,
weil er dann abends sehr wichtig gewesen ist und aufgeräumt hat
in seiner Familie, wie er sich gedacht hat, dass es in einer richtigen Familie ist. Dabei hat er Bier und Kognac getrunken und uns
Fragen gestellt, weil er hat herausfinden müssen, was vorgefallen
war, und jeder hat seine Aussage gemacht, während die anderen
draußen gewartet haben. Am Schluss hat er logische Schlüsse
gezogen und danach die Strafen festgesetzt und ausgeführt, und
in Wirklichkeit haben wir alle ziemliche Angst gehabt, weil die
Strafen nach logischen Schlussfolgerungen festgesetzt worden
sind, die keiner so richtig begreifen hat können. Auch ich habe
nur so getan, als könnte ich sie begreifen, weil das günstig für
mich gewesen ist, dass sie geglaubt haben, ich wäre Vaters Tochter und also logisch, tatsächlich habe ich die Logik von meinem
Vater nicht gut begreifen können und nur immer so getan, was
die beiden anderen gar nicht gekonnt haben, weil es klar geheißen
hat, dass die beiden zusammengehören, weil sie unlogisch und

aus politischen Gründen verpetzen

→ denunzieren
→ vorenthalten

jdn. verpetzen
petzen

17

anschmiegsam sind und immer küssen wollen, und ich mit meinem Vater zusammengehöre, weil ich logisch bin und denke, was sich für Mädchen nicht unbedingt gehört, nur ist es immer noch besser gewesen als küssen. Es wäre meinem Vater natürlich andersherum lieber gewesen, dass mein Bruder logisch und ich und die Mutter unlogisch gewesen wären, es war nicht so verteilt, wie er gedacht hat, dass es in einer richtigen Familie verteilt sein müsste.

Was beim einen fehlt, ist bei der andern Vergeudung, hat er gesagt, insgesamt war es für mich aber nicht gar so schlecht, während es für meinen Bruder, der auch noch der jüngste war, eher schlecht gewesen ist. Aber vielleicht ist es für meine Mutter sogar am schlechtesten gewesen, weil sie dafür zu sorgen hatte, dass wir eine richtige Familie sind, und das ist gewiss nicht leicht gewesen, weil die Vorstellungen, die mein Vater von einer richtigen Familie gehabt hat, zwar höchst präzise waren, aber zugleich auf undurchschaubare Weise nicht vorher zu berechnen, weil keiner von uns, und besonders die Mutter, die Logik begriffen hat, und meine Mutter hat sicher getan, was sie konnte, sie hat aber mit diesem Tun sehr häufig haarscharf danebengelegen; auch wenn sie ordnungsgemäß immer alles gepetzt hat, wie es sich in einer richtigen Familie eben gehört, ist es doch oft auf sie zurückgeschlagen, und an diesem Abend hat sie plötzlich, als sie gemerkt hat, er kommt nicht nach Hause, gesagt, ihr könnt euch nicht vorstellen, wie das ist, und dann hat sie gesagt, ich habe manchmal regelrecht Angst; wovor denn, haben wir sie gefragt, obwohl wir auch erleichtert waren, es ist uns aber zugleich äußerst unangenehm gewesen, von unserer Mutter so ein Geständnis zu hören; außerdem waren wir alle nicht sicher, ob nicht gleich doch die Tür aufginge.

Die Muscheln haben ganz still in der Schüssel gelegen und waren tot, und da hat meine Mutter plötzlich Angst bekommen, dass wir zu aufsässig wären, und hat gejammert, dass sie sich solche Mühe gegeben hätte mit unsrer Erziehung, aber wir haben schon gewusst, dass sie sich bloß nicht getraut hat, gegen den Vater etwas zu sagen, der jetzt bestimmt schon befördert wäre; sie hat einen Heidenrespekt vor dem Vater gehabt, weil er Naturwissenschaftler gewesen ist, was mehr wert als Schöngeist war, es hat damals noch als abgemacht gegolten, dass ich auch zur Naturwissenschaft neigen würde, weil die Musik und die Literatur, überhaupt die gesamte Kultur, nur ein Feierabendgeschäft wären und die Welt sich nicht weiterentwickeln könnte, wenn nicht Naturwissenschaftler und Techniker sie ergründen und tat- und entscheidungskräftig beeinflussen würden, wogegen das Musische, hat mein Vater gesagt, reiner Überfluss wäre und keinen Motor zum Laufen bringt, das hat er deshalb gesagt, weil meine Mutter seit der Flucht ihre Geige im Schlafzimmerschrank stehen hatte, und nur manchmal hat sie, wenn sie traurig gewesen ist, am Klavier gesessen und Schubertlieder gespielt und gesungen, die ganze Winterreise vor und zurück, dabei hat sie geweint, und es hat wirklich schaurig geklungen, obwohl meine Mutter einmal eine schöne Stimme gehabt haben muss, und Geige haben wir sie nur einmal spielen hören, da hat sie auch sehr geweint, und wir haben uns auf die Lippen gebissen, um nicht zu lachen, weil es grässlich geklungen hat und nach Katzenmusik, sie hat geschluchzt dabei und gesagt, dass die Geige so kratzt, ist kein Wunder, im kalten Schlafzimmerschrank, da gehört sie ja auch nicht hin, und wenn man jahrelang nicht gespielt hat; und da hat sie uns dann doch leid getan. Später ist die Geige auf einmal zerbrochen gewesen, als sie sie aus dem Schlafzimmerschrank holen wollte, das hat sie nämlich manchmal heimlich gemacht, dass sie sie aus dem Schlafzimmerschrank geholt hat, und dann hat sie sich im eisigen Schlafzimmer aufs Bett gesetzt und die Geige betrachtet, dabei hat sie immer geweint, und dann hat sie sie ins grüne Futteral zurückgegeben, das ist immer eine richtige Beerdigung gewesen, sie hat den Geigenkasten im Schlafzimmerschrank beerdigt und ist ganz verweint aus dem Schlafzimmer rausgekommen. Mein Vater hat das nicht gern gehabt, das Verweinte und Sentimentale an meiner Mutter, aber es ist auch vorgekommen, dass er sie in den Arm genommen hat und getröstet, nun lass mal, du hast ja uns, damit sie nur aufhörte, denn das Rührselige hat ihn geschaudert, du hast etwas nah am Wasser gebaut, hat er zu meiner Mutter gesagt; mein Vater hat sich als einen Verstandesmenschen gesehen und gefunden, dass die abstrakte Logik von großer Schönheit ist. Wenn meine Mutter gesagt hat, ein Jammer, dein schöner Bariton, dass du nichts aus dem schönen Bariton machst, ist er immer etwas wegwerfend und verlegen gewesen, obwohl im Grunde, aber davon haben sie nicht gesprochen, die Mathematik mit Musik viel zu tun hat, sie sind darauf nicht gekommen, leider, meine Mutter nicht, weil sie gedacht hat, sie ist ein Gefühlsmensch, sie hat gerne Blumen und Zweige gepflückt, von jedem Spaziergang kam sie mit Blumen und Zweigen zurück, das ist meinem Vater unangenehm gewesen; er ist auch nicht darauf gekommen, dass die Musik mit der Mathematik viel zu tun hat, weil er damit beschäftigt gewesen ist, die Motoren zum Laufen zu bringen; auch meine Mutter ist der Meinung gewesen, dass Motoren zum Laufen gebracht werden müssten, nur manchmal hat meine Mutter Zweifel gehabt, dass das Schöne etwas zu kurz dabei kommt, weil ihr das logische Denken doch trocken und unvorstellbar geblieben ist und sie keine Freude daran hat empfinden können, wenn mein Vater am Abend logische Schlüsse gezogen hat. Es ist uns allen die Schönheit dieser Schlüsse durch und durch fremd geblieben, er ist der einzige in der Familie gewesen, der diese Schönheit empfunden hat, und an diesem Abend, als die Muscheln in ihrer Schüssel vor uns auf dem Tisch gestanden haben, ist es uns immer schleierhafter geworden, das Schönheitsproblem, aber die Mutter hat uns noch immer gemäßigt und gesagt, wir haben doch auch viel Freude zusammen, und hat uns erinnert, wie wir sonst immer Muscheln gegessen haben, schon die Vorbereitung zum Muschelessen, hat sie gesagt, ist doch immer ein großer Spaß, ist es nicht immer ein großer Spaß, aber dann ist sie nicht mehr so sicher gewesen, weil sie sich nicht viel aus Muscheln macht, und ich habe gesagt, ich jedenfalls esse nie wieder Muscheln, dieser Spaß ist vorbei, dabei ist es mir wieder über die Haut gelaufen, und die Haare an meinen Armen haben sich aufgestellt, wie ich die Muscheln in ihrer Schüssel gesehen habe und mir dabei wieder eingefallen ist, wie sie sich da im Topf geöffnet hatten, ihre Ergebenheit, dabei kann man natürlich nicht von Ergebenheit sprechen, das Öffnen und Schließen geht rein mechanisch, trotzdem ist mir Ergebenheit eingefallen. Ich finde Ergebenheit widerlich. Immer habe ich stark sein wollen und mutig, und ich habe dann probeweise gesagt, was ich schon oft gedacht habe, warum muss es eigentlich immer weitergehen in der Welt, kann das nicht aufhören, das Weitergehen, ich finde, dass es aufhören soll, und mein Bruder hat noch dazugefügt, besonders das Quälen, das Menschenquälen, meine Mutter hat pssst gemacht, weil sie Angst hatte, er könnte uns hören, dabei war er doch gar nicht da, aber so ist das bei uns gewesen, jeder hat gedacht, er weiß alles und hört alles und sieht alles, obwohl wir gewusst haben, dass das ja gar nicht geht, und wirklich hat er ziemlich viel herausgekriegt, weil jeder jeden verpetzt hat; die Mutter hat immer gesagt, wir müssen alle zusammenhalten, und das hat sie an dem Abend auch gesagt, denn wenn alle zusammenhalten, dann ist es eine richtige

Familie, und sie haben auch fest zusammengehalten, als alle im Dorf empört waren über die Hochzeit, die Hochzeit von meinen Eltern ist ein fürchterlicher Skandal gewesen und ein fürchterlich dörflicher Skandal, aber mein Vater hat keine Abtreibung gewollt, das stand nicht zur Debatte, weil er Verantwortungsgefühle hat und Moral, schon als er jung gewesen ist, hat er das in hohem Maße gehabt, und da mussten sie eben zusammenhalten, solange mein Vater studiert hat, und hinterher im Flüchtlingslager erst recht, weil er logisch abstrakt war und meine Mutter nur praktisch konkret, das wäre schlecht gegangen, wenn sie nicht kräftig zusammengehalten hätten. Einmal hat mein Vater einen Tag auf dem Bau gearbeitet, als wir in einem Lager waren, aber da hat er am Nachmittag aufgehört. Ich bin nicht für solche Arbeit gemacht, hat er gesagt, er hat auch alle niedrige Arbeit verabscheut und tief verachtet, und da war es schon gut, dass sie zusammengehalten haben, weil meine Mutter Geld verdiente und niedrige Arbeit machte, das Windelkochen in diesem riesigen Topf und Essen und Einkauf und Kinder, was ihm alles schrecklich auf die Nerven gegangen ist, mein Vater war nicht für solchen Kleinkram gemacht, und wir wären glatt erfroren damals, wenn meine Mutter nicht Kohlen geschleppt hätte. Wenn ich dich nicht hätte, hat er gesagt, aber das Flüchtlingslager ist ihm trotzdem schrecklich auf die Nerven gegangen, weil es für ihn nichts Vernünftiges gab, was er tun konnte, die ewigen Ämtergeschichten waren ihm doch zu dumm, der Papierkrieg, die Bürokratie um Wohnung und Essensmarken und Arbeitsgenehmigung, da war unsere Mutter geschickter. Ein Kind rechts, ein Kind links und die Schlange durchstehen, sie konnte auch besser heulen vor den Beamten, das zog. Mach du mal, du weinst so schön, hat mein Vater gesagt, bei dir wirkt das alles viel besser. Mach mir bloß nicht schlapp, hat er auch gesagt, weil sie die Lehrerprüfung ja wiederholen musste im Westen, ich weiß nicht, wie ich das schaffen soll, hat sie wieder und wieder gesagt, aber mein Vater hat Schwächlinge gehasst, diese Drückeberger, hat er gesagt, die krank feiern auf anderer Leute Kosten, und Krankheit überhaupt war ihm äußerst zuwider. Als meine Mutter zum drittenmal schwanger war, im Lager, hat sie gesagt, ein Drittes kann ich nicht schaffen, da hat er ihr starke Vorwürfe machen müssen, weil mein Vater moralisch gewesen ist von jung an, und wie die Abtreibung schiefgegangen ist hinterher, und da lag sie einigermaßen flach ein paar Wochen, das war dann schon eine schwere

Krise, das hätte die Ehe, dieses Zusammenhalten, fast nicht überlebt. Wie siehst du denn aus, hat mein Vater zu ihr jeden Morgen gesagt, wenn sie im Bademantel aufstand zum Kaffee kochen und Kinder fertigmachen für den Kindergarten, weil sie sich einig waren, dass es weitergehen musste. Es muss ja schließlich irgendwie weitergehen, haben sie gesagt, und mein Vater hat immer großen Wert darauf gelegt, dass alles gepflegt weitergeht. Mein Gott, siehst du elend aus, du schleppst dich so elend herum, hat er gesagt, mach doch ein bisschen mehr aus dir, du solltest mal zum Friseur, hat er oft gesagt, du siehst so unvorteilhaft aus mit den Haaren, wie du dich gehen lässt. Mein Vater ist aus armen Verhältnissen, und da hat er schon gewusst, wie leicht man herunterkommt. Deswegen haben wir immer die weißen Tischdecken auflegen müssen zum Abendbrot; sofort, als wir aus dem Flüchtlingslager heraus waren und eine eigene Wohnung hatten, haben wir die weißen Tischdecken ausgepackt, die meine Mutter nach Westberlin geschafft hatte, und es gab jeden Tag eine frische Decke. Meine Mutter hat manchmal gesagt, ob es Wachstuch nicht auch tun könnte, wegen der Wäscherei und dem Mangeln, wir haben doch keine Waschmaschine gehabt am Anfang, aber wenn man einmal so anfängt, hat mein Vater da kategorisch gesagt, dann riecht es auch bald wie bei armen Leuten. Mein Vater hat den Armeleutegeruch nicht ertragen können, daher ist er auch immer sehr großzügig gewesen, später, und hat gigantische Trinkgelder gegeben, wenn er im Lokal bezahlt hat, das hat nämlich er immer gemacht, weil es sich so gehört, dass der Mann bezahlt, und manchmal hat meine Mutter gefragt, ob das sein muss, so unverschämt viel, weil das Geld sowieso nicht reicht bis zum Monatsende, und sie hat ihm vorgerechnet, was sie alles davon noch bezahlen müssten, aber da hat er sie in den Arm genommen und in die Hüfte gezwickt, diesen herrlichen Geiz, dieses kleinlich Knickerige, das liebe ich über alles an dir, hat er gelacht und gesagt, was macht denn das für einen ärmlichen Eindruck, wenn man so knickerig ist. Meine Mutter hat dann gesagt, das kann uns doch eigentlich egal sein, was der Kellner von uns denkt, aber sie hat eben konkret gedacht und mein Vater abstrakt, ihm ging es mehr ums Prinzip; auf die Art haben sie gut zusammengehalten; nur ist es jetzt schon nach acht gewesen.
Ich weiß nicht, wie alles gekommen wäre, wenn wir um sechs hätten essen können, ganz normal. Es ist überhaupt erstaunlich, was die Leute machen, wenn etwas nicht normal verläuft, eine

kleine Verschiebung weg vom Normalen, und plötzlich ist alles anders, aber auch gleich alles, kaum ist durch irgendeinen Zufall etwas nicht so wie normal, laufen sie auseinander, wo sie vorher zusammengehalten haben, Mord und Totschlag geht los, und sie würden sich gerne, am liebsten lebendig, die Köpfe abreißen, ungeheuerliche Gewalttaten und Gemetzel, die wüstesten Kriege entstehen daraus, dass aus purem Versehen einmal nicht alles normal ist, und so ist es ja schließlich im Großen und Ganzen gewesen an diesem Abend, auch wenn es erst später so kam, wir haben manchmal gesagt, wahrscheinlich wären wir alle zusammengeblieben und hätten zusammengehalten wie diese richtige Familie, die wir von Tag zu Tag immer spielten, wenn die Verschiebung nicht gewesen wäre. Sogar wenn das Telefon eher geklingelt hätte, aber das Telefon hat tatsächlich erst viel später geklingelt, die Verschiebung war immerhin einige Stunden und nicht nur zwei, was aber fast auch schon gereicht hätte, um die Familie kaputtzukriegen, weil, wie gesagt, schon geringere Verschiebungen das größte Unglück herbeiführen können. Einmal war auch schon eine furchtbare Gefährdung des Ganzen eingetreten gewesen, als meine Mutter das Salz vergessen hat auf der Urlaubsreise, weil wir als Proviant immer hartgesottene Eier mit Salz mitgenommen haben, das Salz hat meine Mutter in ein kleines Tütchen geschüttet, das sie aus Pergamentpapier vorher gefaltet hatte, und wer ein hartgesottenes Ei essen wollte, hat sich von ihr das Salztütchen geben lassen im Auto, weil hartgesottene Eier salzlos abscheulich schmecken, sie rutschen nicht ohne Salz, aber einmal hat sie es über der Packerei vergessen, und es hat acht Eier gegeben, für jeden zwei, aber kein Salz, wie es sich in einer richtigen Urlaubsfamilie gehört, und da haben wir alle gedacht, das ist das Ende.

Zum Beispiel ist es dann an jenem Abend zusätzlich absolut nicht normal gewesen, dass wir die Tagesschau nicht gesehen haben, obwohl es schon nach acht gewesen ist; keiner kam auf die Idee, den Apparat einzuschalten, wir haben alle drei am Esszimmertisch gesessen, und es ist uns unheimlich gewesen, weil es nicht normal war. Hätten wir jetzt den Fernseher eingeschaltet, dann hätten wir nur so getan, als ob; normal wäre es dadurch noch längst nicht gewesen, aber so ist es noch weniger normal gewesen, wir haben aus dem Nicht-Normalen, dass es schon kurz nach acht war, und natürlich waren die Muscheln mitsamt ihrer niedrigen Wärmekapazität längst kalt, etwas noch Unnormaleres gemacht, weil wir die Tagesschau nicht gesehen haben wie sonst, wir haben das Nicht-Normale verstärkt, wo wir konnten.

Und so war plötzlich die ganze Stimmung verdorben und toxisch, deswegen habe ich plötzlich auch laut gesagt, wo ich es vorher nur leise gedacht hatte, er ist ein richtiger Stimmungsverderber, ich war nämlich durch dieses Unnormale ganz aus der über den Kopf gezogenen Feierstimmung geraten, und erst jetzt habe ich gemerkt, dass ich nicht wirklich in ihr gewesen bin, sondern sie mir nur über den Kopf gestülpt hatte, weil das Verwildern aufhören würde, das wir immer hatten, wenn mein Vater auf einer Dienstreise war, und meine Mutter hat dann gesagt, wenn er jetzt käme, würden aber wir ihm schön die Stimmung verderben, weil uns so gar nicht mehr feierlich ist. Weil wir es jetzt alle drei gesagt hatten, haben wir keine Angst mehr gehabt, einer könnte es später petzen, und mein Bruder hat gesagt, wir verderben ihm sowieso nur die Stimmung, was auch gestimmt hat, denn es hat meinem Vater gewaltig die Stimmung verdorben, wenn er am Abend gehört hat, dass mein Bruder wieder nur eine Vier geschrieben hatte, und ich habe oft gelogen, er hat leider oft feststellen müssen, dass ich verlogen wäre, was er nicht ausstehen konnte, die ganze Wahrheitsfindung, die er am Abend hat machen müssen, auch wenn er die Schönheit von logischen Schlüssen gesehen und genossen hat, und das Strafenfestsetzen und Ordnungschaffen in seiner Familie, das hat ihm abends die Stimmung verdorben bis weit nach der Tagesschau, wir haben ihm überhaupt, haben wir gesagt, das ganze Leben verdorben, und er hat es auch gesagt, es verdirbt einem das ganze Leben, diese ständigen Enttäuschungen mit der Familie, die Familie ist ihm eine einzige Enttäuschung gewesen, die Kinder besonders, aber auch meine Mutter muss ihm eine ständige Enttäuschung gewesen sein, sie hat zwar so lustig getan, wenn er kam, um halb sechs, aber da ist sie vorher noch schnell im Bad verschwunden; meine Mutter hat zu ihrem Unglück feine, weiche Haare, und wenn sie abgespannt ist, fallen die Haare trotz Dauerwelle in sich zusammen und sehen traurig aus, um kurz vor halb sechs ist sie also ins Bad verschwunden und hat sie gekämmt, so gut sie konnte, toupiert; sie ist nicht geschickt im Toupieren gewesen, weil es sie nicht interessiert hat, sie hat nicht gefunden, dass das Schöne ausgerechnet eine toupierte Frisur sein muss, und da hat es manchmal auch nichts genützt, wenn sie die Haare toupiert und mit Haarspray besprüht hat, man konnte gleich sehen, dass sie in Wirklichkeit ziemlich in sich zusammengefallen waren, und das Haarspray hat auch nicht geholfen; und Lippenstift hat sie sich schnell auf die Lippen gemalt, und weil alles so schnell hat gehen müssen, ist es oft passiert, dass sie dann, wenn sie die Tür aufgemacht hat, und mein Vater ist reingekommen, Lippenstift an den Zähnen hatte, und das hat meinem Vater allergründlichst die Stimmung verdorben, der Anblick, weil die Damen in seinem Büro, die Sekretärin zum Beispiel, dagegen die reinste Augenweide geboten haben. Einmal hat er an einem Wochenende am Fenster gestanden, und es sind ihm die Tränen gekommen, wie er vorm Haus gesehen hat, dass die Jungen Fußball gespielt haben, mein Vater hat nämlich auch Fußball gespielt als Junge, sehr gut sogar, mein Vater hat alles, was er gemacht hat, sehr gut gemacht, und er hat da die Jungen spielen sehen, mein Bruder hat auch mitgespielt, und mein Bruder ist nicht sehr gut in Fußball gewesen, er hat eigentlich nur linkisch und ungeschickt am Rand herumgestanden und gehofft, dass die anderen ihn vergessen und ihm bloß keinen Ball zuschießen, manchmal ist er zum Schein ein paar Schritte in eine ganz falsche Richtung gerannt, damit es nicht so aussähe, als wäre er festgewachsen am Rand, und als mein Vater am Fenster gestanden hat, hinter der Esszimmergardine, hat er gesehen, wie linkisch und ungeschickt mein Bruder sich angestellt hat und dass er sich geradezu schrecklich vor diesem Fußball gefürchtet hat, mein Vater hat sogar gesagt, der rennt ja noch weg vor dem Ball, und ihm sind die Tränen gekommen, das soll mein Sohn sein, hat er zu meiner Mutter gesagt, das ist doch die reinste Enttäuschung, und es hat meinem Bruder auch nichts genützt, dass er gut Volleyball spielen konnte, das ganze Trainieren, er hat sich sehr angestrengt, die Enttäuschung ist eben zu groß gewesen bei meinem Vater, er hat das Weiche nicht ausstehen können, das Weichliche, das mein Bruder und meine Mutter gehabt haben, geblümte Existenzen, hat er gesagt, weil er sportlich war und sportliche Ideale hatte, wettstreiterische, er hat zu seinen sportlichen Idealen auch Competition gesagt, und es ist mein Glück gewesen, dass ich auch sportlich war, weil er angenommen hat, dass ich damit auch sportliche Ideale und Competition hätte, was aber nicht der Fall gewesen ist, er hat das aber nicht gleich gemerkt, und so habe ich ihm wenigstens nicht durch Unsportlichkeit das Leben verdorben, sondern durch krumme Beine, die ich von ihm geerbt habe, aber bei einem Mann und Fußballer sind sie nicht schlimm, während sie bei einem Mädchen unverantwortlich katastrophal aussehen, außerdem Pickel, obwohl ich immer in der Schule gut war, den Ehrgeiz hast du von mir, hat mein Vater gesagt, aus dir wird mal was, tu mir bloß den Gefallen, dass wenigstens aus dir mal was wird, und ich bin auch wirklich sehr ehrgeizig gewesen und habe immer Einsen geschrieben und auf dem Zeugnis nach Hause getragen, weil ich in keinem Fall wollte, dass es mir geht, wie es meinem Bruder gegangen ist, der meinem Vater mit seinen Vieren total das Leben verdorben hat, und das hat er sich nicht gefallen lassen, mein Vater, dass seine Brut ihn blamiert. Mein Bruder hat es nicht fertiggebracht zu lügen, was ich konnte, obwohl ich keine Vieren geschrieben habe, aber dafür habe ich heimlich Nachhilfestunden gegeben und Geld verdient, weil wir nur sehr wenig Taschengeld hatten, und von dem Geld bin ich heimlich ins Kino gegangen, und den ganzen Tag habe ich in Kaffeehäusern gesessen; der Ehrgeiz, den ich gehabt habe, das war, damit es nicht auffällt, dass ich Geld verdiene und damit ins Kaffeehaus gehe, von Kino natürlich zu schweigen, obwohl mein Vater sehr gern ins Kino gegangen ist, als er jung war, da ist er außerordentlich gern in Kinos gegangen, schon weil zu Hause die Kinder den ganzen Tag nur gebrüllt haben, mein Bruder weniger, ich dafür mehr, und in Berlin, wo er dann studiert hat, sowieso. Er hat die Provinz, in der wir zu Anfang gelebt haben, gründlich verabscheut, mein Vater, es ist ihm zu wenig weltstädtisch zugegangen, da ist ihm ja nur das Kino geblieben. Ich bin auch gern ins Kino gegangen, aber das habe ich lieber nicht laut gesagt, sondern immer habe ich gesagt, wir haben Sport in der dreizehnten Stunde, das war gelogen, weil es gar keine dreizehnte Stunde gab, so spät, wie ich heimkam, war die Schule längst aus, aber es ist nicht aufgefallen, und ich habe den ganzen Tag Stunden gegeben, in Kinos und Kaffeehäusern gesessen, Zigaretten geraucht und Bücher gelesen und bin erst nach der dreizehnten Stunde, die es nicht gab, nach Haus; es war allerdings für mich auch leichter zu lügen als für meinen Bruder, denn bei Klassenarbeiten mussten die Eltern die Note noch unterschreiben, und meine Mutter hat immer gesagt, das soll der Vater mal unterschreiben, und hat am Abend gepetzt, da war also nicht viel zu machen. Hinterher hat es ihr leid getan, wenn er nasenblutend und heulend herauskam vom Wohnzimmer, mein Bruder, und die ganze Zeit hat sie geheult, wenn sie ihn drinnen hat brüllen hören, weil es ihr im Grunde leid getan hat, dass sie den Vater enttäuschen musste und dass meinem Bruder die Nase

geblutet hat nach der Enttäuschung, und mein Vater hat ihr auch Vorwürfe gemacht, er konnte sich schließlich nicht auch noch darum kümmern, natürlich ist eine Mutter schuld, wenn der Sohn so stinkend faul ist, dass er nur Vieren schreibt, an der Intelligenz, hat mein Vater gesagt, kann es bei ihm nicht liegen, mein Vater ist nämlich ein intelligenter Mensch gewesen, also hat es an ihm nicht liegen können, dieses Versagen, aber vielleicht, hat er gesagt, ist er trotzdem auch einfach dumm und stinkend faul, weil meine Mutter nicht als sehr intelligent gegolten hat in der Familie, und da hätte es ja auch gut sein können; manchmal hat mein Vater den starken Verdacht gehabt, und es ist ihm ein schwacher Trost gewesen, dass wenigstens ich als intelligent gegolten habe, weil ein Mann sich doch wünscht, auf seinen Sohn einen Stolz zu haben. In richtigen Familien, wie sich mein Vater eine gewünscht hat, sind Väter auf ihre Söhne stolz, und mein Bruder hätte sich etwas mehr anstrengen müssen, aber er hat sich überhaupt nicht genug angestrengt, ich kann ja doch machen, was ich will, hat er immer gesagt; es ist auch nicht leicht gewesen, unserem Vater zu imponieren, weil er in allem, was er gemacht hat, sehr gut gewesen ist, während alles, was er nicht gemacht hat, nicht sehr wichtig gewesen ist, mein Vater ist gut in Sport und Naturwissenschaften gewesen, das Musische, wohin es meinen Bruder vielleicht gezogen hätte, ist aber nicht wichtig gewesen, es wäre meinem Vater ein großer Schmerz gewesen, diese Verweichlichung von seinem einzigen Sohn, das hat ihm das Herz zugeschnürt und die Stimmung verdorben, dieses Verträumte.
Wir sind jetzt alle drei von einer großen Unbeholfenheit gewesen, plötzlich, wir sind uns ungeschickt vorgekommen und hilflos, weil wir nicht wussten, was wir jetzt machen sollten, meine Mutter ist aufgestanden vom Esszimmertisch, wir sitzen ja hier im Dunkeln, hat sie gesagt und hat Licht angemacht. Ich kann diese widerlichen Dinger da nicht mehr sehen, hat sie plötzlich auch noch gesagt statt wie sonst, dass sie sich nicht so sehr viel daraus macht, ich kann diese widerlichen Dinger da nicht mehr sehen, und sie haben auch ekelhaft ausgesehen, die Muscheln; wenn sie frisch gekocht sind, glänzen sie, aber jetzt sind sie langsam getrocknet und schrumpelig geworden, mir ist auch vorgekommen, als würden sie dunkler werden, das Gelbe hat richtig unangenehm ausgesehen mit dem grünlichen Rand drumherum, und die Schalen sperrangelweit offen. Mir kommt die Galle hoch, hat meine Mutter gesagt, und mir hat das sofort eingeleuchtet,

obwohl ich nicht genau wusste, was Gallehochkommen ist, meine Mutter hat es aber gewusst, sie hat dauernd Gallenbeschwerden gehabt, und alle drei haben wir bös auf die Muscheln gestarrt, bis meine Mutter den Wein geholt hat, der schon im Kühlschrank stand, zur Feier des Tages. Der Wein ist eine Spätlese gewesen, etwas Besonderes, bei uns hat es zu besonderen Anlässen immer Spätlese gegeben, und zu ganz außergewöhnlich besonderen hat es Eiswein gegeben, weil ein Wein, je schwerer er nach Likör schmeckt, umso edler ist, und diese Spätlese ist sicher auch schon recht teuer und edel gewesen, eigentlich hätten wir sie nicht trinken dürfen, bevor mein Vater zu Hause wäre, aber wir konnten ja nicht den ganzen Abend lang auf die ekligen Muscheln starren, dass meiner Mutter die Galle hochgekommen ist, und als meine Mutter den Wein aufgemacht hat, sind wir uns alle drei ungemein aufsässig vorgekommen, wir haben um die toten Muscheln herumgehockt wie verschworen und Vaters zweitbesten Wein ohne ihn ausgetrunken, dabei haben wir langsam festgestellt, dass das Stimmungsverderben ein recht allgemeines gewesen ist, und mein Bruder hat gesagt, dieses klebrige Zeugs, das hält er für edel, wir haben lachen müssen, wie grimmig er dabei geschaut hat, und mein Bruder und ich haben genauso schnell getrunken wie unsere Mutter, nur dass sie schneller beschwipst ist, davon ist unsere Unbeholfenheit, das Beklommene, weggegangen, und wir sind zu der Zeit schon ziemlich sicher gewesen, dass mein Vater einen Autounfall gehabt hätte, weil er noch nicht kam, und mit der Zeit ist unsere Stimmung durch die Spätlese immer seltsamer geworden, wir haben abends sonst immer Tee getrunken und Milch, nur mein Vater hat Bier getrunken und manchmal Kognac. Bei seinen logischen Schlussfolgerungen hat er immer Kognac getrunken, das haben wir an dem Abend zufällig herausgefunden, weil mein Bruder, als er die Gläser geholt hatte, gesagt hat, der Wohnzimmerschrank ist mir ganz verhasst, immer holt er sich erst einen Kognac aus der Bar im Wohnzimmerschrank heraus, bevor es losgeht; und das hat er bei mir genauso gemacht. Immer ist er vorher an den Wohnzimmerschrank, im mittleren Teil war die Bar, so hat er die Flaschensammlung genannt, und zuerst hat er sich einen Kognac eingeschüttet, bevor er anfing zu fragen und logische Schlüsse zu ziehen. Mein Bruder hat nicht wissen können, dass er das bei mir auch so gemacht hat, und ich habe nicht wissen können, dass er es bei ihm auch so gemacht hat, weil die Wohnzimmertür vorher zugeschlossen wurde und er den Schlüssel in die Hosentasche gesteckt hat, und meine Mutter konnte es also überhaupt nicht wissen, sie hat ja die ganze Zeit auf dem Flur gestanden. Sie hat den Wohnzimmerschrank aber auch nicht leiden können, weil er so neudeutsches Altdeutsch war, und meine Mutter hat einen anderen Geschmack gehabt, nicht so einen gediegenen, wuchtigen, aber mein Vater hat sich auf keine billigen Sachen mehr eingelassen; er ist ihr auch zu dunkel gewesen, der Wohnzimmerschrank, meiner Mutter, sie hätte es gern etwas heller gehabt, etwas freundlicher, hat sie gesagt, aber sie hat es natürlich nicht meinem Vater gesagt, weil mein Vater äußerst geschmackssicher war und nicht gern hatte, wenn man seine Geschmackssicherheit bezweifelte. Ich konnte den Wohnzimmerschrank schon überhaupt nicht ausstehen, weil ich ein paarmal mit dem Kopf dagegengeflogen war, was ich an dem Abend auch gesagt habe, besonders die Griffe sind förmlich lebensgefährlich, habe ich gesagt, die Schubladengriffe sind nämlich Eiche, gedrechselt, gewesen und haben gefährlich weit vorgestanden, und meine Mutter hat sich beim Putzen öfter das Knie daran angestoßen, und die Schlüssel an den Türen sind auch nicht besser gewesen, Messing, ich habe gesagt, dass die Griffe und Schlüssel an diesem altneuhochdeutschen Wohnzimmerschrank förmlich lebensgefährlich sind, ob nun gedrechselt oder aus Messing, dass aber die Griffe und Schlüssel noch gar nichts sind, habe ich gleich hinzugefügt, gegen die Butzenscheiben, weil man die ganze Zeit nur Sorge hat, nicht durch die Butzenscheiben hindurch zu fliegen, und das hätte man sich nicht ausmalen können, was dann geschehen wäre, wenn einer die Butzenscheiben durchflogen und also kaputtgemacht hätte. Mein Bruder hat mir zugestimmt und hat die Butzenscheiben auch noch weit schlimmer gefunden, heimtückischer, als die gedrechselten Eichengriffe und Messingschlüssel, er hat aber hinzugesetzt, außer dass sie lebensgefährlich sind, haben Wohnzimmerschränke keine Funktion, aber ich habe ihn gleich an die Bar erinnert, die eine Funktion gehabt hat, und meine Mutter hat meinen Bruder und mich an die Briefmarkensammlung erinnert, und da hat er natürlich zugeben müssen, dass Wohnzimmerschränke ihre Funktion haben, unser Wohnzimmerschrank war voll mit der Briefmarkensammlung, die mein Vater für meinen Bruder und mich angelegt hatte, als Zukunftsanlage. Es sind mehrere Briefmarkenalben gewesen, für die man an und für sich nicht einen ganzen Wohnzimmerschrank gebraucht hätte, die Briefmarken sind aber ungefähr einmal im

Monat per Post gekommen und sind immer als kleine Päckchen verpackt gewesen, meinem Vater ist es um Vollständigkeit gegangen, eine Briefmarkensammlung hat nur Sinn und Wert, wenn sie vollständig ist, hat er gesagt. Die Päckchen sind per Nachnahme angekommen, vormittags, wenn bei uns niemand zu Hause war, und dann lag mittags der Nachnahmezettel im Briefkasten, wo auch draufstand, wieviel sie diesmal kosten, sie haben wegen ihrer Vollständigkeit auch ihren Preis gehabt, und einer von uns hat sie am Nachmittag abholen müssen; das ruiniert mich nochmal, eure Zukunft, hat meine Mutter gesagt, wenn sie auf dem Nachnahmezettel gelesen hat, welchen Preis sie für unsere Zukunft zu zahlen hatte, aber sie hat nur im Scherz so gejammert und dann die Päckchen bezahlt, und auf die Art war unsere Briefmarkensammlung tatsächlich von erheblicher Vollständigkeit, und die Päckchen haben auch vollständig unseren Wohnzimmerschrank ausgefüllt, der also sehr wohl eine Funktion gehabt hat, es haben in Päckchen verpackt alle Briefmarken in unserem Wohnzimmer gelegen, die von 1965 an in der Bundesrepublik Deutschland und in der DDR herausgegeben worden sind, und mein Vater hat später auch noch einen zweiten Vertrag unterschrieben, der rückwärts ging bis zum Krieg, unsere Zukunft hat in Form einer immer vollständigeren Briefmarkensammlung im Wohnzimmerschrank gelegen, eine gesamtdeutsche Zukunftsanlage von großem Wert hat meinem Vater vorgeschwebt, und wenn meine Mutter gesagt hat, ein reichlich teures Vergnügen, so eine Zukunftsanlage, hat er sich nur über ihren Unverstand wundern können und ihr die Wertsteigerung erklärt, wovon sie aber nichts wissen wollte, sie hat gesagt, das kann ja gut sein, aber heute sind sie auch bereits ziemlich teuer, diese gesamtdeutschen Briefmarken, und er hat dann gesagt, das ist Investition, und das zahlt sich aus; an Investitionen zu sparen, ist völliger Unsinn, da merkt man, dass du vom Dorf kommst, wo die Zukunft im Sparstrumpf liegt, die Kleinlichkeit wirst du dein Lebtag nicht los, mein Vater hat gefunden, an Investitionen zu sparen, das ist der Gipfel des Provinzialismus, und manchmal hat meine Mutter darauf noch gesagt, ihre Großmutter hätte damals das Geld nur so waschkörbeweise unter dem Bett stehen gehabt während der Währungskrise und Inflation, und dann hat sie gefragt, weißt du eigentlich, was das kostet, aber es hat meinen Vater nicht interessiert, was das kostet, weil er im Büro gewesen ist, wenn die Päckchen kamen und bei der Post ausgelöst werden mussten, und er hat gelacht und gesagt, nur einen Bruchteil von dem, was es einbringt und hinterher wert ist, du willst doch nicht an der Zukunft der Kinder sparen, und das hat sie natürlich nicht gewollt, und außerdem hat auf diese Art unser Wohnzimmerschrank eine Funktion gehabt, und mein Vater hat auch noch das Briefmarkensammlungszubehör bestellt gehabt, die Pinzetten und Lupen und all diese Instrumente zum Briefmarkeneinsortieren, die lagen in seinem Schreibtisch, und einmal hat er uns beibringen wollen, wie man die Briefmarken in die Briefmarkenalben hineinsortiert, das System und die Technik, er hat auch den Katalog jedes Jahr bestellt, und nach dem Katalog hätten wir immer die Briefmarken einordnen sollen, aber gleich bei der ersten Briefmarke haben wir uns so dumm angestellt, so geradezu übertrieben dämlich, wie mein Vater gesagt hat, dass er hat feststellen müssen, ihr habt kein Gefühl für den Wert einer Briefmarkensammlung, wer sich von vornherein so dumm anstellt, gleich bei der ersten Marke, dem ist nicht zu helfen. Tolpatschigkeit und Schlamperei sind die Feinde des Briefmarkensammelns, und dann hat er es uns nochmal gezeigt, aber es ist uns nicht gelungen, uns in der Unmenge Päckchen zurechtzufinden und noch im Katalog, und ich habe zur vollständigen Verärgerung meines Vaters auch noch gesagt, eigentlich sehen sich Briefmarken alle recht ähnlich, findet ihr nicht, weil es eben sehr viele waren, und es ist ein Unterschied, ob man zehn Briefmarken einzusortieren hat oder etliche Jahrgänge vollständig; er ist, hat er gesagt, ein leidenschaftlicher Briefmarkensammler gewesen, und eine gesamtdeutsche Briefmarkensammlung war immer sein Traum, es hat ihn gekränkt, dass wir ihm diesen Traum sabotiert haben durch unsere Dämlichkeit, dass wir so gar keine Gründlichkeit und Geduld haben aufbringen können für seinen gesamtdeutschen Vollständigkeitstraum, der schließlich unsere Zukunftsanlage war, und mein Vater hat seine Feierabende oder die Wochenenden nicht damit verbringen können, für unsere Zukunft gesamtdeutsche Briefmarken in diese Alben hineinzuordnen, das ist unsere Aufgabe gewesen, an die wir schon bei der ersten Briefmarke nicht gründlich und geduldig, sondern tolpatschig und schlampig herangegangen waren, weshalb uns eine so kostbare und wertvolle Sammlung wie die uns zugedachte nicht in die Hände hat gegeben werden können, mein Vater hat diese Dinge für später ruhen lassen, wenn wir verantwortlich mit der Briefmarkensammlung und unserer Zukunft würden umgehen können, und die Folge davon ist nichts anderes gewesen als eine totale vollständige Überfüllung unseres Wohnzimmerschranks mit kleinen Nachnahmepäckchen, die meine Mutter allmonatlich schimpfend am Postschalter ausgelöst oder einen von uns hat auslösen lassen, um sie dann in die Schubladen hineinzustopfen. Aber auch die Regalbretter unseres eichenen Wohnzimmerschranks waren vollgefüllt, weil mein Vater, der eine ausgesprochene Begeisterung für das Vollständige gehabt hat, alle Ausgaben des SPIEGEL seit Bestehen besessen und in den Regalen des Wohnzimmerschranks aufbewahrt hat, alle Nummern seit etwa der Währungsreform, der SPIEGEL hat sich selbst zu einem Jubiläum einmal vollständig zum Kauf angeboten, und da hat mein Vater, weil der SPIEGEL deutsche Geschichte seit 48 ist, alle Nummern gekauft, ebenso wie er den Ziegler, ein zwanzigbändiges Geschichtslexikon, komplett gleich als erstes nach unserer Flucht auf Kredit gekauft hat, weil nach unserer Flucht in den Westen ein neues Geschichtsbild fällig war und entstehen musste, mein Vater hat sein Geschichtsbild zwanzigbändig und auf Kredit bei Herrn Ziegler erworben, vieles haben wir drüben ja gar nicht gewusst, hat er gesagt und den Mangel bei Ziegler komplett geschlossen; wenn mein Vater etwas begonnen hat, hat er es im selben Moment auch schon vollführt gehabt, und es hat dann den Wohnzimmerschrank gefüllt, den wir aber nicht nur deswegen nicht haben leiden können, weil uns daraus die vollständige Geschichte von oben herab gedroht hat; mein Vater ist aufgesprungen, wenn wir etwas nicht gewusst und gefragt haben und es erklärt bekommen wollten, und hat den Ziegler zur Hand genommen und darin gesucht, dann hat er es erst für sich selbst gelesen und noch in anderen Bänden nachgeschlagen, am Ende sind manchmal drei, vier Bände aufgeschlagen gewesen, und mein Vater hat gründlich alles, was wir wissen wollten, in drei, vier Bänden bei Ziegler studiert, während wir unruhig geworden sind, weil wir inzwischen nicht wussten, was wir im Wohnzimmer machen sollten, und unsere Schulaufgaben sind davon nicht fertiggeworden, dass wir im Wohnzimmer meinem Vater zugeguckt haben, wie er auf unsere Fragen Ziegler studiert, und dann hat er uns alles gründlich historisch erklärt, weil wir historisch nicht sehr gebildet waren, in unseren Schulen, so hat mein Vater gesagt, hat man uns ein falsches, zu oberflächliches Geschichtsbild beigebracht, eine Husch-husch-Bildung, aber nichts gründlich und vollständig und ganz von Anfang an, wie man es drüben

32

getan hat, nur war es drüben eben leider das Falsche gewesen, deswegen auch die Flucht, und mein Vater hat uns nicht nur den Ziegler, aber doch vor allem den verlesen; um unser mangelhaftes Geschichtswissen aufzufüllen, hat er sehr viele Seiten verlesen, bis er zu unserer Frage kam, manchmal ist er auch nicht bis dorthin gekommen, weil es sehr viele Seiten gewesen sind, die er hat vorlesen müssen, und alles haben wir nicht verstanden und uns nicht merken können, weil wir kein Breiten- und Tiefenwissen in unseren Schulen gelernt haben, sondern nur Punkt- und Flächen-, nämlich Oberflächenwissen, wir haben, das hat mein Vater immer gleich gemerkt, wie wir ihn angeschaut haben, wenn er den Ziegler verlesen hat, nichts anderes gelernt als nur Dünnbrettbohren und Trittbrettfahren; Trittbrettfahrer und Dünnbrettbohrer haben unser Schulsystem und unsere Mutter aus uns gemacht, und statt ihm freudig und interessiert nun zuzuhören, was er uns vorgelesen hat auf unsere Frage, haben wir ungeduldig geblickt und nichts verstanden, wir haben nur eine Jahreszahl haben wollen oder eine kurze Erklärung für unsere Schularbeit und sie dann einsetzen können und auswendig wissen, nicht aber das Ganze von Anfang an, wie er es aus dem Ziegler heraus uns gesucht hat, aber auf dieses gründliche Zieglersche Wissen ist es uns gar nicht angekommen, und auch sonst sind wir nicht neugierig oder erpicht auf die Dinge gewesen, die im Lexikon standen, weil wir systematisch aufs Dünnbrettbohren erzogen waren und nicht systematisch denken gelernt hatten, wie er es uns beibringen wollte, wenn er auf unsere Fragen nachgeschlagen hat, weil es ihn danach gedrängt hat, die Lücke zu füllen, die doch unsere Lücke gewesen ist, die wir aber offenkundig nicht gefüllt haben wollten, wir wollten nur eine kurze Antwort, während es kurze Antworten gar nicht gibt und nicht geben kann, sondern nur Breiten- und Tiefenantworten, und wenn ich durchgekommen bin in der Schule mit meinem Punkt- und Flächenwissen, dann hat das daran gelegen, hat mein Vater gesagt, dass für Dünnbrettbohren und Trittbrettfahren heute schon Einsen verteilt werden, statt wie früher nur Vieren, wo es auf anderes angekommen ist. Mein Vater hat gesagt, deine Eins wäre früher nur eine Vier gewesen, bestenfalls, wahrscheinlich nicht einmal das, und im Grunde hat mein Vater gedacht, dass meine Eins sogar ungenügend gewesen wäre. Was wir leisten mussten für eine Drei, hat er gesagt, das fällt heute aus jeder Skala heraus; mein Vater ist ein außergewöhnlich guter Schüler gewesen, und wenn es Zeug-

nisse gab, hat sich mein Bruder schon gar nicht nach Hause
getraut, und zu mir hat mein Vater gesagt, das sieht scheinbar
ganz ordentlich aus, nur die Noten sind heute nichts wert, und
dann hat er seine Zeugnisse aus dem Schreibtisch geholt und verglichen, und wenn meines besser gewesen ist als seins, hat er es
immer besonders gemerkt, diesen Leistungsverfall, und es ist ihm
klargeworden, was er in meinem Alter schon alles gewusst und
gekonnt hat, während ich von all dem in demselben Alter noch
fast nichts oder nur sehr wenig gekonnt habe, weil ich Klavier
gespielt und gelesen habe, was aber nicht viel wert gewesen ist
gegen Logarithmen, im Gegenteil, und mein Vater hat gleich
geantwortet, das bringt nicht einen Motor zum Laufen, er hat
auch gesagt, das hilft gar nichts, wenn man den Unterschied
zwischen notwendig und hinreichend nicht begreift, und damit
hat er leider nur allzu recht gehabt, weil ich den Unterschied
nicht begriffen habe, obwohl er in unserer Familie sehr wichtig
gewesen ist, so wichtig wie in der Logik, denn eine Eins war eine
notwendige Bedingung, um meinem Vater die Stimmung nicht zu
verderben, aber doch keine hinreichende, und insgesamt war es
so, dass ich die notwendigen Bedingungen meistens erfüllt habe,
aber doch nie die hinreichenden, während mein Bruder schon an
den notwendigen ganz versagt hat; es war zwar notwendig, eine
Eins nach Hause zu bringen, aber weil diese Eins eine Schein-
Eins, in Wirklichkeit also wertlos war, indem sie für Punkt-
und Flächenwissen verteilt worden war, ist mein Vater verärgert
gewesen, er hat in seiner Familie Unbildung, das Husch-husch,
nicht geduldet, und so ist die notwendige Bedingung auch immer
zugleich die in keinem Fall hinreichende gewesen, tatsächlich
habe ich fast nie erlebt, dass eine Bedingung hinreichend gewesen
ist; alle notwendigen Bedingungen haben zum Wesen gehabt,
dass sie nicht hinreichend waren, weshalb ich Klavier gespielt
und gelesen und damit also meine Intelligenz verplempert habe,
sehr zum Verdruss meines Vaters, denn es hat damals noch als
abgemacht gegolten, dass ich in seine Fußstapfen treten und die
Naturwissenschaften studieren würde, ich hätte auch nicht, wie
ich es eine Zeitlang gewünscht habe, Klavier studieren können,
weil es mein Vater nicht gut vertrug, das Klavierspielen, hör
sofort mit dem Geklimpere auf, hat er oft gesagt, wenn er müde
nach Hause gekommen ist und mich noch am Klavier angetrof-
fen hat, obwohl er andererseits unerbittlich darauf bestand, dass
wir beide, mein Bruder und ich, wenigstens ein Instrument spie-

34

len sollten und an diesem Instrument täglich eine Stunde zu üben hätten, und während mein Bruder nicht diese eine Stunde geübt hat, habe ich täglich zuweilen mehr als diese eine Stunde geübt und mich beim Üben auch noch erwischen lassen, wenn mein Vater am Abend nach Hause kam, was sofort seinen Zorn erweckt und ihm regelmäßig die Stimmung verdorben hat, ich habe zu meiner Entschuldigung angeführt, mit einer Stunde am Tag kann man nicht Klavierspieler werden, aber mein Vater ist gegen Klavier allergisch gewesen, es hat ihn geschüttelt, wenn er mein Üben gehört hat, ich habe sofort vom Klavierhocker springen müssen, die Noten wegräumen, den Deckel herunterklappen, mein Vater ist schon gegen Spuren meines Klavierübens allergisch gewesen, weshalb ich es nach und nach eingestellt und tage- und nächtelang nur gelesen habe. Wenn ich am Fernseher saß, bin ich oft eingeschlafen, und man hat mich ins Bett tragen müssen, wo ich dann aufgewacht bin und sofort angefangen habe zu lesen, wenn die Tür zugegangen war, ich bin immer blass gewesen vor Übernächtigtsein, mein Vater hat gesagt, das Kind sieht ungesund aus, das ist vom Lesen gekommen, die vielen Bücher habe ich heimlich aus unserer Stadtbücherei geholt und versteckt, und immer habe ich Angst gehabt, dass mein Vater sie finden könnte; in einer richtigen Familie, hat mein Vater gesagt, ist Heimlichkeit überflüssig, und jeder von uns hat die größte Angst haben müssen, bei Heimlichkeiten erwischt zu werden, und nur jetzt haben wir, weil es spät und später wurde und wir die Spätlese leer getrunken hatten, alle Angst und Ängstlichkeit abgelegt gehabt, wir sind alle drei beschwipst gewesen, nur eine Restängstlichkeit hat uns daran gehindert, auf die Uhr zu schauen. Wir haben erst später auf die Uhr geschaut, und vorher haben wir gesagt, er hat bestimmt einen Autounfall gehabt, aber ein Autounfall kann ja alles Mögliche sein, es gibt solche und solche Autounfälle, haben wir gesagt, eine Panne war aber zu diesem Zeitpunkt schon ausgeschlossen, weil er da angerufen hätte, so spät war es dann doch schon. Nach einem Autounfall kommt man doch mindestens erstmal ins Krankenhaus, hat mein Bruder gesagt, und ich habe gesagt, mindestens. Meine Mutter hat das Thema gewechselt und gesagt, mal einen Sonntag ohne das Verdi-Geschrammel, wie fändet ihr das? Bei uns ist nämlich jeden Sonntagvormittag eine Platte von Verdi gelaufen, mindestens, und mein Vater hat mitgepfiffen, und während der Zeit hatten wir mucksmäuschenstill zu sein, so leise wie bei der Sportschau, und wir hatten im Wohnzimmer herumzusitzen und zuzuhören, wie mein Vater den Rigoletto gepfiffen hat oder Aida, während die Mutter den Braten gemacht hat, und das ist bis mittags so gegangen, meine Mutter hat diesen ewigen Verdi, wie sie gesagt hat, nicht ausstehen können, diesen Musikersatz, hat sie gesagt, dieses banale Schrumschrumschrum in den Bässen, sie hat die Küchentür zugemacht und ist erst wieder rausgekommen, wenn dieser Verdi im Wohnzimmer alle war, und dann hat sie gleich gelüftet, um die Reste vom Troubadour rauszulassen, aber sie hat es sehr unauffällig gemacht, Verdi ist doch das einzige, was man hören kann, hat mein Vater zum Schluss immer sehr befriedigt gesagt, während meine Mutter alles getan hat, dem abscheulichen Gefangenenchor zu entgehen, unter diesem Gefangenenchor hat meine Mutter viele Jahre gelitten, überhaupt unter Verdi, und ich habe besonders darunter gelitten, wie mein Vater ihn mitgepfiffen hat, weil wir nicht aus dem Wohnzimmer gehen durften, während die Platte lief, nur manchmal hatten wir Glück, und mein Vater hat Mozart aufgelegt, von Mozart aber einzig die Zauberflöte, und die hat er von vorne bis hinten pfeifen können, ohne nur einmal abzusetzen, und davon hat er dann kräftigen Hunger auf Sonntagsbraten bekommen. Meine Mutter hat weder Verdi noch Braten gut leiden können; weil sie die Woche hat arbeiten müssen und kochen und putzen und Kinder erziehen und alles, hat sie nicht auch noch am Sonntag den Vormittag in der Küche stehen mögen, hat sie gesagt, mein Vater ist aber nie über Sonntag weggewesen, Dienstreisen hat er von Montag bis Freitag gemacht, also ist meiner Mutter der Verdi kein einziges Mal erspart geblieben, diese akustische Wohnzimmerpest, wie sie an dem Abend, als sie schon sehr beschwipst war, mehrmals gesagt hat, diese akustische Wohnzimmerpest, und ich habe gesagt, du bist ja wenigstens draußen, du hörst es doch kaum, aber sie hat gesagt, wenn das die Alternative ist: Verdi oder Kalbsnierenbraten, dann danke, weil sie zum ersten Mal aufbegehrt hat in ihrem Leben, und außerdem ist Verdi zwar eine notwendige, aber wiederum keineswegs hinreichende Bedingung für einen gelungenen Sonntag gewesen, darauf hat sie uns aufmerksam gemacht, wir haben dann nachgedacht und keine einzige Bedingung unter den sehr vielen notwendigen gefunden, die wirklich hinreichend gewesen wäre für einen gelungenen Sonntag, und einmal mehr ist uns der Unterschied zwischen notwendig und hinreichend so schleierhaft gewesen wie das Schönheits-

problem, wir konnten uns alle drei nicht erinnern, dass es einmal
einen Sonntag gegeben hätte, durch den wir halbwegs hinreichend hindurchgekommen wären, weil mein Vater seine Vorstellungen von einer richtigen Familie natürlich besonders am Sonn-
5   tag entfaltet hat, er hat schon beim Frühstück mit der Entfaltung
seiner Vorstellungen angefangen und gesagt, heute fahren wir da
und da hin, mein Bruder hat manchmal gemault, nicht schon wieder, aber dann ist der Sonntag für ihn schon sehr früh zu Ende
gewesen; für meine Mutter ist er manchmal beim Mittagessen zu
10   Ende gewesen, wenn sie den Braten hat trocken werden lassen,
sie hat ihn auch einmal anbrennen lassen, aber da hat mein Vater
Gnade vor Recht walten lassen, es ist aber öfter vorgekommen,
dass der Braten vertrocknet war, und da hört sich die Großzügigkeit aber auf, hat mein Vater gesagt, besonders bei der
15   Weihnachtsgans hat sich die Großzügigkeit entschieden aufgehört, es ist eine ungarische gewesen, die Weihnachtsgans, die
meine Mutter preiswert gekauft hatte und die infolge ihres niedrigen Preises gar nicht anders hat werden können als trocken,
mein Vater hat meiner Mutter verschiedentlich zu erklären ver-
20   sucht, dass die polnischen Weihnachtsgänse, anders als die ungarischen, nicht trocken würden, meine Mutter hat das nicht einsehen können, weil sie gedacht hat, die Polen sind doch ein armes
Volk, wie sollen dann ihre Weihnachtsgänse nicht trocken und
zäh sein, meine Mutter hat das mit den Devisen nicht richtig
25   verstanden, sie hat einer polnischen Weihnachtsgans weniger Fett
zugetraut als einer ungarischen, weil die Ungarn ihr keinen so
hungrigen Eindruck gemacht haben, aber die ungarische Weihnachtsgans, die sie so preiswert gekauft hatte, hat ihr diesen
Gefallen nicht getan, eine fette und fleischige Gans zu sein, sie
30   war auf erbärmliche Weise nur trocken und knochig und zäh,
und da hat sich die Großzügigkeit aufgehört, und Weihnachten
war für meine Mutter mit diesem ungarischen Gerippe zu Ende,
wie die Sonntage häufig mit trockenen Sonntagsbraten schon
mittags für sie zu Ende waren. Manchmal sind wir aber auch bis
35   in den Nachmittag durchgekommen, aber meistens nicht sehr
viel weiter, weil zu den Vorstellungen, die mein Vater von einer
richtigen Familie gehabt hat, gehört hat, dass immer alle etwas
gemeinsam machen; wir sind deshalb meistens gemeinsam im
Auto gefahren und nachher herumspaziert, weil mein Vater die
40   Woche lang im Büro gesessen hat und am Wochenende Luft
schnappen wollte, aber es hat immer sehr lang gedauert, bis wir

an einen Ort gekommen sind, der zum Luftschnappen der geeignete war, und wenn wir an einem solchen Luftschnapport angekommen waren, hat es oft keine Parkplätze mehr gegeben, und den ganzen Weg über hat mein Vater den Rigoletto gepfiffen und zwischendurch Zigaretten geraucht, wovon mir übel geworden ist, und ich habe immer gesagt, dass er anhalten soll, manchmal hat er auch angehalten, dass ich aussteigen und mich übergeben konnte, aber er hat ja nicht überall anhalten können, aber übergeben habe ich mich trotzdem müssen, und dann war der Sonntag für mich natürlich zu Ende, aber er war auch zu Ende, wenn ich gesagt habe, es ist der Rauch und das schnelle Fahren, davon wird mir schlecht, ich habe natürlich nicht gesagt, dass mir auch von Rigoletto schlecht wird, aber schon dass ich gesagt habe, der Rauch und das schnelle Fahren, das habe ich auch nur einmal gesagt und nie wieder; aber spätestens bei der Parkplatzsuche war dann der Sonntag ohnedies endgültig zu Ende, weil meine Mutter gesagt hat, bei uns hinterm Haus gibt es auch Luft zu schnappen, reichlich, und wir haben manchmal gesagt, dass bei uns hinterm Haus jetzt die anderen Kinder Raumschiff Orion spielen, wir haben fast niemals Raumschiff Orion mit den anderen Kindern gespielt, weil wir gemeinsam Luft schnappen mussten an Orten, an denen es keine Parkplätze gab, während hinter unserem Haus nicht nur viel Parkplatz, sondern auch reichlich Luft zu schnappen gewesen ist; mein Vater ist dann erbost gewesen, weil wir keinen Familiensinn fürs Gemeinsame hatten, und meine Mutter hat dann doch einen solchen Sinn schnell bewiesen und gesagt, wie schön die Natur gerade hier ist, so schön ist die Natur aber nicht bei uns hinterm Haus, und außerdem haben wir sie hinterm Haus jeden Tag, und diese haben wir nur, weil unser Vater die gute Idee gehabt hat, ausgerechnet an diesen schönen Naturfleck zu fahren und Luftschnapport; meine Mutter hat sich besonders am Sonntag auf meinen Vater umgestellt, und wir haben meine Mutter dann nicht so gut leiden mögen, aber haben uns doch nicht getraut, wieder vom Raumschiff Orion anzufangen; tatsächlich sind wir durch einen unerwarteten Zufall an einem Sonntagnachmittag einmal hinuntergelangt und haben versucht, mit den anderen Kindern Raumschiff Orion zu spielen, und es hat sich dabei herausgestellt, dass die anderen Kinder nicht mit uns Raumschiff Orion spielen wollten, weil wir nämlich niemals Raumschiff Orion mit ihnen gespielt hatten, und man kann nicht einfach daherkommen, wenn man nie Raum-

schiff Orion gespielt hat, und plötzlich mitspielen wollen, wenn
die anderen mitten im Spiel sind, aber mein Vater hat gesagt, das
sind keine richtigen Familien, da herrscht Gleichgültigkeit statt
Familiensinn, und dann gehen die Kinder bloß auf die Straße. Ich
5 habe mir sofort gewünscht, dass bei uns etwas mehr Gleichgültigkeit herrschen sollte, wenigstens so viel, dass wir in unsere
Zimmer gehen dürften, während mein Vater den Rigoletto gepfiffen hat, das war mehr Gemeinsamkeit, als ich zumutbar fand,
und wenn wir am Nachmittag Luft geschnappt haben, sind wir
10 meistens schon ganz vereinzelt durch die Natur gegangen, weil
der Sonntag bereits zu Ende war, und ich habe gedacht, da hätten
wir geradesogut zu Hause bleiben können, nur mein Vater hat
meiner Mutter aus dem Büro erzählt, meine Mutter hat aber meinem Vater nicht aus der Schule erzählt, weil das Büro wichtig
15 und mehr wert war als die Schule, oder sie haben Urlaubspläne
gemacht und beschlossen, dass wir im nächsten Jahr ans Meer
fahren würden, nach Italien, Jugoslawien, Spanien oder in die
Türkei, die Entfernungen sind mit der Zeit immer größer geworden; meine Mutter hat Berge auch sehr geliebt und gesagt, Öster-
20 reich ist näher und kostet nur halb so viel, sie hat von den
Bergseen geschwärmt, die es dort geben soll, und es haben ihr
Blumenwiesen vor Augen gestanden, sie hat sich vorgestellt, dass
sie nach Herzenslust Arme voll Blumen in eine Holzhütte
schleppen könnte, weil meine Mutter die Sehnsucht nach Dörf-
25 lichem oft befallen hat, und die Feriensiedlungen dort im Süden,
wohin wir immer gefahren sind, haben sehr undörflich ausgesehen, es hat auch keine Blumenwiesen gegeben und Essen in riesigen Speisesälen; zwar ist meine Mutter froh gewesen, dass sie im
Urlaub nicht kochen musste, sie hat aber gesagt, lieber koche ich
30 auch im Urlaub, anstatt wieder schlaflos über der Diskothek zu
liegen, weil wir in Jugoslawien unsere Zimmer direkt über der
Diskothek gehabt hatten, aber mein Vater hat gesagt, wenn wir
nach Österreich fahren, kann uns der ganze Urlaub verregnen,
und da hat meine Mutter ihm gleich zugestimmt, dass wir wieder
35 nach Süden fahren, weil mein Vater sehr angewiesen ist, dass im
Urlaub die Sonne scheint, einmal hat eine Woche lang in der
Türkei die Sonne nicht ununterbrochen geschienen, sondern nur
stundenweise, und wir haben von Glück sagen können, dass sie
dann in der zweiten Woche ununterbrochen geschienen hat,
40 obwohl meine Mutter Sonne nicht gut verträgt, sie wird schlag-
artig rot in der Sonne, während mein Vater nach seinem Sonnen-

brand ziemlich schwarz wird, meine Mutter mag keinen Sonnenbrand, sie hat immer gesagt, ich kann mir nicht denken, dass das
gesund sein soll, so zu leiden, aber mein Vater hat gesagt, da muss
man durch, ohne Sonnenbrand keine Bräune, er hat uns allen
Zitronensaft auf die wunden Stellen geträufelt, wir haben uns nie
entscheiden können, was schlimmer ist, Sonnenbrand mit oder
ohne Zitronensaft, meine Mutter hat gesagt, von wegen Marty-
rium, so ist das Fegefeuer, mein Vater hat aber gesagt, das nützt,
und uns ausgelacht, wenn wir uns angestellt haben, stellt euch
bloß nicht so zimperlich an, hat er gesagt, und Schmerz ist etwas
Relatives, und das hat tatsächlich gestimmt, weil mein Vater fast
gar nicht empfindlich war gegen Sonne, es ist eine Frage der
Charakterstärke, hat er gesagt, und meine Mutter ist nicht sehr
charakterstark, sondern eher charakterschwach dabei wegge-
kommen, weil sie mit ihrer empfindlichen Haut sofort rot wurde
und in der Sonne und Urlaub im Schatten gemacht hat, aus purer
Zimperlichkeit, während wir mit zusammengebissenen Zähnen
versucht haben, unserem Vater zu imponieren und in die Sonne
gegangen sind, was aber auch nichts genützt hat, denn nach dem
Sonnenbrand hat sich herausgestellt, dass wir längst nicht so
braun geworden sind wie der Vater, wenigstens hat er uns aber
nicht zimperlich nennen können wie meine Mutter, die im Schatten verkrochen war; es ist im Süden immer so heiß, hat sie gejammert, dass man tagsüber gar keine Lust hat, etwas zu tun, meine
Mutter hätte sich mittags gern hingelegt, sie hat gesagt, das
machen die Leute hier auch, eine Siesta, und stehen dann auf,
wenn es kühler wird, das hat mein Vater Vergeudung gefunden,
die haben die Sonne das ganze Jahr, hat er gesagt, dafür fahren
wir nicht in den Süden, dass wir die Sonne nicht ausnutzen, mein
Vater hat vor dem Urlaub in Katalogen die durchschnittliche
Sonnenscheindauer pro Land und Jahr verglichen und dann
errechnet, wie die Wahrscheinlichkeit ist, eine ununterbrochene
Sonnenscheindauer während der Urlaubstage herauszubekom-
men, und deswegen wäre er nie in die Berge gefahren, wo es
bewölkt sein kann, und es ist wahrlich kein Spaß gewesen, mit
meinem Vater verregneten Urlaub zu machen, deswegen haben
sie sonntags am Nachmittag, wenn sie Urlaubspläne gemacht
haben, immer beschlossen, nach Süden ans Meer zu fahren, und
meine Mutter hat heimlich ein paar Zweige und Gräser mitgenommen, manchmal auch Margeriten und Glockenblumen, und
mein Vater, wenn er sie dabei erwischt hat, nur den Kopf schüt-

teln können über die unausrottbare Ländlichkeit, deine unverbesserliche Romantik, hat er gesagt, aber meistens haben die Zweige und Gräser und Blumensträuße den Heimweg sowieso nicht überlebt, weil wir im Stau gestanden haben, und bis wir zu Hause waren, sind sie vertrocknet gewesen; aber wir sind doch immer gerade zur Sportschau zurecht gekommen, und dann ist es allerdings günstig gewesen, wenn für meinen Bruder und mich an der Stelle der Sonntag schon zu Ende gewesen ist, weil er sonst bei der Sportschau furios zu Ende gegangen ist; mein Bruder und ich nämlich haben uns auf störrische Art und Weise weder die Fußballregeln merken können noch die Namen der Fußballspieler, Uwe Seeler war der einzige, den ich mir merken konnte, mein Bruder hat sich auch nicht viel mehr merken können, noch Beckenbauer, und dann war schon Schluss, und mein Vater ist daran verzweifelt, das grenzt schon an Sabotage, hat er eins ums andere Mal gesagt, und dann hat meistens einer von uns noch hervorgewürgt, Müller, und der andere hat probeweise hervorgewürgt, Maier, und wenn dann Müller oder Maier gerade nicht gespielt haben, dann war es endgültig aus; ich habe mir Uwe Seeler nur deswegen merken können, weil er der einzige Spieler mit Glatze war, das konnte man gut unterscheiden, und die anderen hatten Haare und sahen sich auf dem Fernseher alle gleich, aber mein Vater hat sie doch alle genau unterscheiden können und auch noch gewusst, wer auf der Reservebank sitzt, und den genauen Tabellenstand. Einmal habe ich, um ihm einen Gefallen zu tun, gefragt, was ist das eigentlich, eine Ecke, als er Ecke geschrien hat, aber da hat er mich rausgeworfen, und das ist mir auch ganz recht gewesen, weil ich gerade mitten im Pole Poppenspäler gewesen bin, und auf die Art habe ich Zeit gehabt bis zum Abendbrot, und an dem Tag ist dann das Skatspielen ausgefallen, und so hatte ich nochmal Zeit für den Pole Poppenspäler. Wenn mein Vater auf Dienstreise war, habe ich lesen dürfen, soviel ich wollte, ich habe auch länger als eine Stunde Klavier üben dürfen, sogar weniger, ich durfte Klavier üben, wie ich wollte, was es sonst nie gegeben hat, und schon deswegen bin ich traurig gewesen, wenn er dann wieder nach Hause kam, und Mutter ist traurig gewesen, weil mein Bruder dann schnell noch den Müll runtertragen hat müssen mit all den Blumen und Zweigen und Gräsern darin, damit mein Vater sie nicht bei ihrer unausrottbaren Ländlichkeit erwischt; mein Bruder hat erst recht Heimlichkeiten gehabt, der gesamte Fahrradkeller war voll davon, aber wenn mein Vater auf Dienstreise war, sind kaum mehr Heimlichkeiten zwischen uns vorgekommen, wir haben natürlich nicht alles gemeinsam gemacht wie in einer richtigen Familie, nur das Einkaufen, Abwaschen, Aufräumen und dergleichen haben wir ziemlich gemeinsam gemacht, was sonst nur meine Mutter alleine gemacht hat, wenn mein Vater daheim war, weil er niedere Arbeit verachtet hat, und mein Bruder und ich haben uns große Mühe gegeben, dass mein Vater uns nicht verachtet hat, aber wenn er weggewesen ist, haben wir oft die niedere Arbeit gemeinsam gemacht, weil es schneller ging und wir uns dabei erzählen konnten; wir haben uns stundenlang Geschichten erzählt, was erfunden war oder auch nicht oder gemischt dazwischenlag, was bei uns sonst nicht üblich gewesen ist, weil es wichtige Dinge und unwichtige Dinge gegeben hat, und mein Vater hat alle wichtigen Dinge erzählt, meine Mutter hat die anderen wichtigen Dinge gepetzt, und die unwichtigen Dinge waren zu unwichtig, um erzählt zu werden, deswegen haben wir kaum oder gar nicht erzählt, wenn mein Vater nicht auf einer Dienstreise war; auch jetzt haben wir hin und her erzählt, als wir zu dritt um den Tisch herumgehockt haben und er nicht kam; wir haben uns auch gefragt, warum lassen wir uns das bieten. So wie es mein Vater häufig gefragt hat; in seiner verdorbenen Stimmung hat er vorwiegend auch gesagt, das lasse ich mir nicht bieten; das ist doch Tyrannei, lieber keine richtige Familie als so eine, das haben wir jetzt alle drei gesagt, einer genau nach dem andern, damit keiner petzen könnte, nur die Mutter hat manchmal gesagt, ihr müsst auch das Gute sehen, er hat doch so viele gute Seiten, und dann hat sie gesagt, man muss doch auch Verständnis haben; uns ist aber an dem Abend das Verständnis ausgegangen und weggeblieben und nicht mehr wiedergekommen, wir haben gesagt, immer wir, und wer hat Verständnis für uns, richtig kindisch und böse haben wir das gefragt, und wir sind auch auf unsere Mutter böse gewesen, weil unsere Mutter immer gesagt hat, habt doch ein bisschen Verständnis für ihn; wir haben getan, was wir konnten, aber an dem Abend, wie gesagt, ist das Verständnis ausgegangen, mein Bruder hat gesagt, ich kann auch ein paar Pfund Verständnis gebrauchen; aber bei uns ist es nicht üblich gewesen, dass einem das Verständnis nur so in den Schoß fällt, man hat es sich erst verdienen müssen, wir wären schlecht angekommen bei unserem Vater, wenn wir hergegangen und billigstes Gratisverständnis gewollt hätten, mein

Vater hat sich durchboxen müssen und ist nicht so billig durch-
gerutscht, die Drückebergerei, die er an uns festgestellt hat, das
hat es bei meinem Vater in keinem Moment gegeben, hat er
gesagt, dabei hat sich erst beim Durchboxenmüssen gezeigt, wer
Charakter hat, das könnte euch passen, ewig Verständnis, statt
etwas zu leisten, womit man sich sehen lassen kann, aber genau
dazu sind wir anscheinend nicht fähig gewesen, schon als Kinder
haben wir diesen Kopfsprung nicht machen wollen, mein Vater
hat gesagt, das wäre immerhin eine Leistung, aber obwohl wir
gern ins Schwimmbad gegangen sind, haben wir doch den Kopfsprung nicht machen wollen, wir sind gern geschwommen und
auch getaucht; überhaupt sind wir gern im Schwimmbad gewesen, weil die Kollegen von meinem Vater und manchmal sein
Chef mit ihren Familien auch ins Schwimmbad gegangen sind,
und da hat mein Vater höchstens sagen können, wir sprechen uns
später, was er an dem Tag auch gesagt hat, als mein Bruder und
ich diesen Kopfsprung machen sollten, mein Bruder ist etwas
mutiger gewesen als ich, im Springen bin ich ein schrecklicher
Angsthase gewesen, schon die Vorstellung, vom Startblock einen
Kopfsprung ins Wasser zu machen, hat mich in Angst und
Schrecken versetzt, obwohl ich sonst nicht so sehr feige war; ich
bin auf die höchsten Bäume geklettert und immer als Kletteraffe
bezeichnet worden in unserer Familie, weil ich mutig war, wenn
es hieß, auf Bäume zu klettern, ich bin bestimmt nicht sehr feige
gewesen, aber mein Vater hat oft die Geschichte erzählt von dem
Vater, der seinem Sohn sagt, wie der auf der Mauer steht, spring.
Spring doch, ich fang dich auf, und der Sohn hat Angst gehabt
und gesagt, ich spring nicht, der Vater hat aber gesagt, brauchst
keine Angst zu haben, ich fang dich doch auf, und endlich ist der
Sohn auch gesprungen, der Vater hat einen Schritt zur Seite
gemacht, der Sohn ist ins Leere gesprungen und auf die Steine
geschlagen und hat sich gemein wehgetan und geweint, warum
hast du mich nicht aufgefangen, da hat der Vater gelacht und
gesagt, man soll niemand trauen, merk dir das, auch nicht dem
eigenen Vater. Ich habe über diesen Witz nicht lachen können,
wie es mein Vater gewollt hat, ich habe es einen gemeinen Witz
gefunden, das Lachen ist mir im Halse steckengeblieben, und leider habe ich ausgerechnet immer an diesen Witz denken müssen,
wenn ich versuchen wollte, ins Wasser zu springen, und ich habe
mich nie überwinden können, ins Wasser zu springen, vor allem
nicht Kopf voran, auch wenn mein Vater im Wasser war und

gesagt hat, ich bin doch da, das hat ja auch gar nichts genützt, dass er da war, er hat mich im Wasser nicht auffangen können, und ich war sicher, dass ich ertrinke; ich habe in meinem ganzen Leben nur einen einzigen Kopfsprung ins Wasser gemacht und nie wieder, aber mein Vater hat diese Schmach nicht ertragen, dass seine Kinder Feiglinge sind, die vor der Mutprobe jämmerlich versagen, und so hat er gesagt, wer vom Dreimeterbrett Kopfsprung macht, kriegt fünf Mark. Mein Bruder ist gleich aufs Dreimeterbrett hochgestiegen, aber oben hat ihn der Mut verlassen, und er ist wieder runtergestiegen, unten hat er geheult, weil mein Vater vor lauter Enttäuschung ganz weiß im Gesicht war, und das ist ein schlechtes Zeichen gewesen, und er hat gesagt, dass er sogar vom Fünfmeterbrett einen Kopfsprung gemacht hat, mein Bruder ist dann auch wieder hoch und hat endlich den Kopfsprung gemacht und wirklich fünf Mark bekommen, und mein Vater hat ihn gefragt, na, was ist, war es wirklich so schlimm, mein Bruder ist so stolz gewesen, dass er gesagt hat, was, überhaupt nicht, und ich habe mich geschämt, dass ich so feige war, und bin auch hochgestiegen und mit Kopfsprung hinuntergesprungen. Es ist entsetzlich gewesen. Es hat am Kopf und am Rücken einfach nur wehgetan, der Ohrendruck hat auch gemein wehgetan, weil ich solche unpraktischen Ohren habe, die schon bei zwei Meter Tauchen wehtun, und als ich den Kopfsprung gemacht hatte, bin ich bestimmt drei, vier Meter tief untergetaucht, ich habe gedacht, dass ich nicht mehr nach oben komme, weil ich vor Ohrenschmerzen völlig benommen war, schon als Kind habe ich häufig Ohrenentzündung gehabt, ich habe gedacht, meine Ohren platzen, und nicht mehr gewusst, wo unten und oben ist, ich habe vor Ohrenschmerz unter Wasser völlig die Orientierung verloren, und dann ist mir die Luft ausgegangen, ich dachte, ich sterbe, weil ich nie wieder hochkomme, aber ich bin nach einer Ewigkeit doch wieder hochgekommen, am Rand ist mir schlecht geworden vor Schmerz, und weil der Kopfsprung so furchtbar war, und mein Vater hat mich auch gefragt, na, war das wirklich so schlimm? Und wie schlimm, habe ich gesagt, so etwas Schlimmes, und mein Vater hat darauf gesagt, gleich nochmal, am besten du springst gleich nochmal. Ich bin aber nicht gesprungen, obwohl er gesagt hat, dass ich dann keinen Charakter habe. Ich habe dann keine fünf Mark mehr gewollt, wenn ich dafür noch einmal springen sollte, mein Vater hat mir die fünf Mark nicht für das Springen bezahlen wollen, sondern, so habe ich damals gedacht, er hat sie mir dafür bezahlen wollen, dass es mir Spaß macht oder dass ich sage, es macht mir Spaß, ich habe gesagt, lieber habe ich keinen Charakter, als nochmal zu springen und dann zu sagen, es macht mir Spaß, wo es furchtbar ist.

Wir haben uns das Verständnis von unserem Vater verscherzt, haben wir an dem Abend gesagt, als wir auch gesagt haben, dass wiederum uns das Verständnis für unseren Vater ausgegangen ist, wir haben sogar gesagt, dass unser Verständnis uns allein deswegen ausgegangen ist, weil bei unserem Vater das Verständnis schon längst ebenfalls ausgegangen war, es ist unser dauerndes, ihm das Leben verderbendes Dasein gewesen, das meinem Vater am Ende jegliches Verständnis ausgetrieben hat, wie er auch manchmal gesagt hat, ich wünschte, ihr wäret nicht auf der Welt, hat er einmal gesagt und erklärt, dass er zutiefst bereute, zuerst versehentlich mich und hernach planmäßig meinen Bruder gezeugt zu haben, was er für einen Irrtum gehalten hat, einen verhängnisvollen, wenn er sich angeschaut hat, was dabei herausgekommen ist, sein Sohn ein vollständiger und kompletter Versager, was er darauf zurückgeführt hat, dass meine Mutter und unser Schulsystem meinen Bruder fortwährend aufs verantwortungsloseste verhätschelt haben, während er meine Verstocktheit, das Uncharmante an mir, wie er gesagt hat, von Anfang an gleich nicht gerne gehabt hat, meine Mutter hat an dem Abend gesagt, dass mein Vater von Anfang an gleich nicht das geringste Verständnis für meine unhübsche Art gehabt hat; als er mich zum erstenmal gesehen hat, soll er entsetzt ausgerufen haben, das ist ja ein Affe, und sich die Haare gerauft haben, weil dieses hässliche Wesen keinesfalls seine Tochter hat sein können, geschweige denn sein Sohn, wie es sich doch gehört hätte, ich bin bei meiner Geburt schon sehr hässlich gewesen, meine Mutter hat gesagt, das hätte sie nicht gestört; ich habe es gar nicht bemerkt, hat sie gesagt, erst als die Hebamme tröstend zu ihr gesagt hätte, na lassen Sie mal, das kann ja noch werden, ist es ihr aufgefallen, aber dennoch hat sie mich ausnehmend hübsch gefunden und gleich in ihr Herz geschlossen, obwohl sie dann auch gesehen hat, was die Hebamme gemeint hat, als sie gesagt hat, na lassen Sie mal, das kann ja noch werden, dass ich von Kopf bis Fuß voller Haare gewesen bin, ich habe überall schwarze Haare gehabt, auch das Gesicht soll affenartig behaart gewesen sein und der ganze Leib bis hinab zu den Zehen, ich bin von so abstoßender Hässlichkeit bei meiner Geburt gewesen, dass meinen Vater mein Anblick gleich abgestoßen hat, meine Mutter hat mich gleich ausnehmend lieb gehabt, hat sie immer erzählt, und es ist ihr auch später erst aufgefallen, dass ich ausgesehen habe wie ein schwarzer Affe, die Haare sind nach ein paar Tagen ausgegangen, und danach habe ich ausgesehen wie alle anderen Säuglinge auch, da ist es aber zu spät gewesen, weil mein Vater bereits einen sehr ungünstigen Eindruck von mir gehabt hat, dieser Eindruck ist nicht mehr zu retten gewesen, mein Vater ist nämlich ein gutaussehender Mann gewesen, sogar ein bestaussehender, und es hat ihn beleidigt, dass ausgerechnet ihm das passieren musste, einen kleinen schwärzlichen Affen zu zeugen; mein Vater hat einen kräftigen Haarwuchs und muss sich zweimal am Tag rasieren, wenn er die Schatten am Kinn loswerden will, und besonders stolz ist er auf seine Haare gewesen, weil andere Männer Glatzen bekommen, mein Vater hat aber so dichtes schwarzes Haar gehabt, dass er sich darum nicht sorgen musste, er hat Männer mit Glatze nur albern gefunden, mit Ausnahme von Uwe Seeler, den er möglicherweise nicht ganz so albern gefunden hat, aber wenn jemand am Anfang nach meiner Geburt ihm gesagt hat, ganz der Papa, hat er wild werden können, es heißt sogar, er habe sich sofort betrunken, nachdem er die Klinik verlassen hatte, weil er die Hässlichkeit seiner Tochter nicht nüchtern habe ertragen können, während meiner Mutter diese Hässlichkeit gar nicht aufgefallen sei, sie hat gesagt, gleich von Anfang an hat er dafür nicht das geringste Verständnis gehabt; man muss sich ja schämen für so einen Affenbalg, soll mein Vater gesagt haben und untröstlich gewesen sein, dass einem so schönen Menschen ein derartig hässliches Kind widerfahren muss, und tatsächlich ist das Uncharmante an mir, wie er häufig gesagt hat, von Tag zu Tag immer deutlicher hervorgetreten. Während andere Kinder niedlich und sauber gewesen sind, bin ich immer dreckig gewesen, man hat mich viele Male in saubere Kleidung zu stecken versucht, aber kaum habe ich in einem sauberen Jäckchen gesteckt, und man hat mich in diesem Jäckchen auszufahren versucht, habe ich es sofort dreckig gemacht, ich habe unentwegt alles Frische und Appetitliche bespuckt, und wenn andere Kinder in ihren Sportwägen rosig und appetitlich durchs Dorf und im Schlosspark herum spazierengefahren wurden und allen die reinste Freude waren, so hat meine Mutter, kaum ist sie mit mir auf der Straße gewesen, schon wieder umkehren müssen, weil ich mich vollgespuckt hatte; es hat geheißen, was man in dieses Kind hineintut, das spuckt es alsbald wieder aus, aber ich habe es auf eine uncharmante Weise genau immer dann ausgespuckt, wenn meine Mutter mich in den Sportwagen gesetzt und in den Schlosspark hat fahren wollen, keine Sekunde früher, infolgedessen haben alle Leute sehen können, wie ich mich vollgespuckt habe, das Vollspucken hat sich im Lichte der Öffentlichkeit vollzogen, statt dass ich wie andere Kinder mein Bäuerchen oben gemacht hätte hinter verschlossener Tür und gleich nach der Fütterung, nie habe ich mein Bäuerchen ordentlich nach dem Essen gemacht, und ich habe auch nicht nur ein Bäuerchen gemacht, sondern viele Bäuerchen, aber immer nur dann, wenn ich in sauberen Jäckchen gesteckt habe, es ist nie vorgekommen, dass ich ein einmal bespucktes Jäckchen noch ein zweites Mal vollgespuckt habe, hat meine Mutter gesagt, und außerdem habe ich von früh bis spät gebrüllt, und meine Mutter hat mich von früh bis spät füttern können, meine Gefräßigkeit muss ganz enorm gewesen sein, kaum habe ich eine Flasche mit Brei getrunken, habe ich schon wieder gebrüllt und mehr Brei haben wollen, obwohl die erste Flasche noch nicht wieder ausgespuckt war. Ich bin nur still gewesen, hat meine Mutter gesagt, wenn ich gerade die Flasche mit Brei im Mund gehabt habe, und ich bin auf diese Art ein sehr dickes Kind gewesen, es gibt davon Fotos, wie dick ich gewesen bin, so dick, dass ich mich gar nicht rühren konnte, aber ich habe trotzdem in einem fort nur gebrüllt, sobald meine Flasche leer war; mein Vater hat Gottseidank damals studiert und ein Zimmer gemietet gehabt in Berlin und ist nur am Wochenende nach Hause gekommen, aber diese Wochenenden hat er schlecht aushalten können, weil ich nicht nur von früh bis spät, sondern tatsächlich auch noch von spät bis früh gebrüllt habe, alle Nächte hindurch; meine Eltern haben mein Kinderbett in das entfernteste Zimmer gestellt und die Türen geschlossen, aber trotzdem hat keiner ein Auge zumachen können, mein Gebrüll muss so infernalisch gewesen sein, hat meine Mutter erzählt, dass mein Vater gesagt hat, das ist ja kein Affe, das ist ja der Teufel leibhaftig, und meine Mutter ist am Wochenende nur damit beschäftigt gewesen, meinen aufgebrachten Vater zu trösten und zu beschwichtigen, der aber besonders nachts nicht zu trösten und zu beschwichtigen gewesen ist, weil er bei dem Gebrüll nicht hat schlafen können; er ist so aufgebracht über sein teuflisches Kind, diesen Satansbraten, gewesen, dass er mich einmal genommen und gegen die Wand geworfen hat; mein Vater hat dazu später gesagt, und dann war es erstmal still; und ich habe gefragt, und dann, aber meine Eltern haben sich nicht mehr erinnern können, was dann gewesen ist, ich habe sogar gehinkt wie der Teufel leibhaftig und immer ein Bein nachgezogen, sobald ich laufen konnte, weil mein Hüftknochen falsch zusammengewachsen war, was natürlich kein Mensch hat ahnen und feststellen können bei einem Kleinkind, das noch nicht laufen kann. Meine Mutter ist froh gewesen, dass mein Vater nicht immer zuhause war, weil mein Gebrüll unzumutbar war, auch meine Großmutter hat gefunden, dass dieses Kind nicht gefällig und niedlich ist wie die anderen Kinder, die hübsch und sauber gewesen sind und von denen keines gebrüllt, und schon gar nicht die Nacht durch gebrüllt hat, insbesondere nicht die Mädchen, bei denen es sowieso ungehörig ist, wenn sie spucken und brüllen, was allenfalls noch zu Jungen passt, während mein Bruder dann später ein solches niedliches Baby gewesen ist und nie gespuckt und gebrüllt hat, mein Bruder ist auch nicht so gefräßig gewesen, sondern sanft, was aber mein Vater jämmerlich fand, seine dauernde Niedlichkeit hat meinen Vater gegen ihn aufgebracht, während er sie bei mir sehr vermisst hat, weshalb es in unserer Familie immer geheißen hat, ich bekomme, so uncharmant, wie ich bin, keinen Mann, während es geheißen hat, so mädchenhaft, wie mein Bruder ist, der auch als Kind manchmal Kleidchen hat tragen wollen, das ist alles andere als normal, mein Bruder ist meinem Vater verdächtig gewesen von Anfang an, hat meine Mutter gesagt, weil er blond war und rosig und immer gelächelt hat, er soll ein unverwüstlich lächelndes Kind gewesen sein, dieses Lächeln von meinem Bruder ist meinem Vater von Anfang an sonderlich vorgekommen, und mein Vater hat immer gesagt, das soll mein Sohn sein, dabei habe ich sein Sohn sein sollen, und mein Vater hat kein Verständnis dafür gehabt, dass ich nicht sein Sohn gewesen bin, für seine Tochter hingegen bin ich zu hässlich und ungefällig gewesen, ich bin der Affe von meinem Vater gewesen, während mein Bruder das Goldkind von meiner Mutter gewesen ist, die an meinem Bruder und seinem Lächeln gar nichts Sonderliches hat sehen können, wie sie an mir und meiner anfänglichen Behaartheit nichts Affenartiges gesehen, sondern erst später gemerkt hat, dass das ein kleiner Teufel ist, ihre Tochter, sie hat sich um beide Kinder erhebliche Sorgen gemacht, aber doch Verständnis gehabt, meine Mutter hat immer für alles Verständnis gehabt, und sie hat auch

an dem Abend noch versucht, obwohl sie selber zum erstenmal
aufsässig war in ihrem Leben, uns zu überreden, dass wir Verständnis für unseren Vater haben sollten, was wir aber zu diesem
Zeitpunkt schlechterdings abgelehnt haben, weil uns das Verständnis ausgegangen war, nachdem es bei meinem Vater, so wie
es meine Mutter gesagt hat, gar nicht erst erweckt, sondern von
Anfang an gleich verscherzt gewesen war.

Auch dass meine Mutter gesagt hat, er hat es auch schwer gehabt,
euer Vater, hat uns nicht umstimmen können, wir haben zu unserer Mutter gesagt, jetzt kipp uns nicht um, eben bist du noch
mutig gewesen, wir haben natürlich gewusst, dass mein Vater aus
armen Verhältnissen kam und sich nach oben empor hat kämpfen
müssen, was er allein kraft seiner großen Begabung und Intelligenz geschafft hat, das macht ihm so leicht keiner nach, hat meine
Mutter gesagt, die es leichter gehabt hat, weil sie nicht von ganz
unten gekommen ist und also nicht nach oben gemusst hat, sie
hat nach dem Tod ihres Vaters immerhin ein Haus gehabt, sehr
verschuldet zwar, und sie hat die Hypotheken bezahlen müssen
und ihren Brüdern das Studium, es sind beide Brüder von meiner
Mutter Musiker geworden, wie sie es sich gewünscht hatten und
meine Mutter es sich auch gewünscht hatte, aber meine Mutter ist
ja dann doch schnell Lehrerin geworden, während mein Vater
Naturwissenschaftler hat werden wollen und Mathematik studieren, wo er von ganz unten gekommen ist und unehelich gewesen
ist in dem Dorf, und seine Mutter hat Körbe geflochten und
Sachen für andere Leute gestrickt, meine Großmutter ist eine
sehr arme Frau gewesen, und mein Vater hat sich immer für seine
Mutter schämen müssen, weil sie ihm nur so wenig hat geben
können, er hat auch nirgendswo mit ihr hingekonnt, man kann
sich mit dir nirgends sehen lassen, hat mein Vater noch später
gesagt, als er schon beinah befördert war, er hat es nicht leicht
gehabt mit seiner Mutter, weil es immer so duster und schmud-
delig war, wo sie wohnte, sie hat nur ein einziges Zimmer gehabt
und die Küche, es hat wie bei armen Leuten darin gerochen, weil
es bei armen Leuten war, und mein Vater hat immer mit seiner
Mutter geschimpft deswegen, er ist später, wenn er im Dorf war,
lieber im Dorfgasthaus abgestiegen, obwohl es kein fließendes
Wasser dort gab, als bei seiner Mutter zu wohnen, wir haben es
immer so gemacht, wenn wir später ins Dorf gefahren sind, dass
meine Mutter und ich bei der Mutter von meiner Mutter gewohnt haben, und mein Vater und mein Bruder sind im Dorf-

hotel abgestiegen statt bei der Mutter von meinem Vater, die bei uns immer die andere Großmutter hieß, weil sie arm war, während die eigentliche Großmutter nicht arm war, sondern das Haus hatte, und jeder im Dorf hat sie gekannt und gegrüßt, während kaum jemand die andere Großmutter gekannt und gegrüßt hat, die auch eine Fremde geblieben ist, eine Ausländerin, seit sie nach Deutschland gekommen war. Meine andere Großmutter hat auch andere Großmutter geheißen, weil sie auf Familienfotos immer abseits und am Rand gestanden hat, und zwischen ihr und dem Rest der Familie ist immer noch etwas Platz. Meine Mutter hat uns daran erinnert, dass es für meinen Vater nicht leicht gewesen ist, seine Mutter und seine Herkunft sind für ihn die schwerste Hypothek gewesen, gegen diese Hypothek war die Hypothek, die beim Tod meines Großvaters auf Großmutters Haus gelegen hat, eine Kleinigkeit, mein Vater hat getan, was er konnte, um seine Herkunft nicht merken zu lassen, aber es ist nicht leicht gewesen, denn meine andere Großmutter ist auf ihren glänzenden Sohn sehr stolz gewesen und hat sich an ihn zu klammern versucht, wo sie konnte. Wenn ich sie besucht habe, hat sie geweint und gesagt, wie stolz sie ist, dass mein Vater von unten nach oben gekommen ist. Ich habe an meiner anderen Großmutter sehr gehangen, und mein Vater hat an seiner Mutter auch sehr gehangen, es hat ihm das Herz zerrissen, wie sie ärmlich in diesem Dorf gelebt und keiner sie gekannt und gegrüßt hat, nur die einfachen Leute; die andere Großmutter ist eine einfache Frau, hat meine Mutter uns manchmal gesagt, und weil sie eine einfache Frau war, hat sie immer Briefe bekommen wollen; meine Mutter hat an ihre Mutter einmal die Woche geschrieben, immer sonntags abends hat sie an ihre Mutter geschrieben, während mein Vater an seine Mutter nicht schreiben konnte, weil er sich nicht auch noch darum hat kümmern können, er hat nicht die Zeit und die Kraft gehabt, sich um alles zu kümmern, und er hat es nicht leiden können, wenn man sich an ihn klammert. Es ist schwer genug, aus kleinen Verhältnissen heraus und hoch zu kommen, man muss sich aus diesen Verhältnissen lostreten mit Gewalt, man kann seine Herkunft nicht an sich klammern und kleben lassen, es hat meinen Vater geschüttelt, wenn er daran gedacht hat, er hat auch bei seiner Mutter nicht essen können, weil es nicht sauber und appetitlich war, so ungepflegt, hat mein Vater gesagt, aber einmal hat er nicht anders können, weil seine Mutter zu meiner Mutter gesagt hat, nie esst

ihr bei mir, immer nur esst ihr dort, womit sie die andere
Großmutter gemeint hat, bei der wir immer gegessen haben,
wenn wir im Dorf gewesen sind, weil mein Vater es dort appetitlich fand und gepflegt, aber es hat seine Mutter gekränkt, dass wir
niemals bei ihr gegessen haben, sie hat zu meiner Mutter gesagt,
er tut gerade, als schämte er sich, meine Mutter hat das verstanden, wie sie immer alles verstanden hat, und mein Vater hat
schließlich eingewilligt, bei seiner Mutter zu essen, wenn sie sich
eine Köchin nähme. Keinesfalls würde er bei ihr essen, wenn
seine Mutter selber kochte, hat er gesagt, und sie hat auch
tatsächlich nicht nur das Essen, sondern die Köchin bezahlt,
damit wir einmal bei ihr gegessen hätten, was ihr eine große
Freude gewesen ist, sie ist vor lauter übergroßer Freude so aufgeregt und nervös gewesen, dass sie wieder die Hände nicht still
halten konnte, und mein Vater hat es nicht aushalten können,
wenn seine Mutter die Hände nicht stillhielt. Halt die Hand still,
hat er gesagt, aber sie war zu aufgeregt über unsern Besuch, und
kaum hat sie fünf Minuten die Hände still gehalten, hat sie sie
auch schon wieder nicht stillhalten können, weil sie ihr Leben
lang mit ihren Händen immer sehr schnell hat arbeiten müssen,
die schnellen Arbeitsbewegungen, die sie mit ihren Händen
hat machen müssen, hatten sich in ihren Händen selbständig
gemacht, kaum hielten sie fünf Minuten still, fingen die Hände
von selbst wieder an, diese Arbeitsbewegungen zu machen, und
meinem Vater ist irgendwann die Geduld gerissen; und so ist die
Köchin, die meine andere Großmutter engagiert hatte, wieder
nur eine notwendige Bedingung gewesen, nicht aber eine hinreichende, um die Stimmung nicht zu verderben; bei dir kann
man wirklich nicht essen, hat mein Vater gesagt und ist unwirsch
gewesen, weil er sich wieder hat schämen müssen für seine Mutter, die das Niedere an sich gehabt und nicht hat ablegen können,
sooft er es ihr auch erklärt hat, dass sie die Hände still halten soll,
statt so damit zu zucken, und er ist dann nicht mehr hin, während
ich gern zu meiner Großmutter gegangen bin, weil sie, außer dass
sie von früher die Hände nicht stillhielt, etwas gekonnt hat, was
es in unserer Familie nicht gab und nicht geben durfte, die andere
Großmutter, hat es abfällig bei uns geheißen, bringt es fertig,
vierundzwanzig Stunden am Tag aus dem Fenster zu gucken, ich
habe das Abfällige daran nicht gut begriffen, ich habe vielmehr
von meiner Großmutter lernen wollen, vierundzwanzig Stunden
am Tag aus dem Fenster zu gucken, und ich bin gern zu ihr

gegangen, und wenn ich bei meiner Großmutter war, haben wir nichts gemacht. Nichts machen hat es bei uns nicht gegeben, es ist unbedingt notwendig gewesen bei uns, dass jeder immer etwas gemacht hat, und wenn ich später im Kaffeehaus war, habe ich nur mit dem Nichtsmachen, das ich von meiner anderen Groß- mutter hatte, heimlich weitergemacht, und ich habe immer gefunden, dass meine Großmutter nicht eine einfache Frau, son- dern vielmehr eine außergewöhnliche Frau gewesen ist, weil sie es fertig gebracht hat, nichts zu machen, während alle anderen immerzu irgend etwas gemacht haben, ich habe mehrfach zu mei- nem Vater gesagt, deine Mutter ist eine außergewöhnliche Frau, das hat ihm geschmeichelt, und er hat dann gesagt, schau doch mich an, von nichts kommt nichts, er hat aber nicht gewusst, was ich meine. Das Niedere jedenfalls, das sie an sich gehabt hat, und dass sie die Hände nicht stillhalten konnte von früher her, wo sie machen musste, dass ihr Sohn es bis oben hin schafft, das hat er ihr übel genommen. Er hing aber sehr an ihr, und nach ihrem Tod ist er völlig verzweifelt gewesen, dass meine Mutter dachte, vor Schmerz ist er ganz im Wahn, er hat geklagt um die Mutter und sich die Haare gerauft, tagelang ist er nicht aus dem Schlafzimmer hervorgekommen, in das er sich eingesperrt und verkrochen hatte, und als er herauskam, hat er geschworen, dass seine Mut- ter das schönste Grab im ganzen Dorf haben sollte, er hat sofort alles in die Wege geleitet für dieses schöne Grab, was nicht leicht gewesen ist, weil wir im Westen waren, und das Dorf ist im Osten, er hat es aber geschafft, dass meine Großmutter das prächtigste Grab im ganzen Dorf bekommen hat, er hat das ganze Dorf zur Beerdigung eingeladen, alles, was einen Namen hatte, und den Ratskeller reserviert für ein Essen, das keiner so schnell vergessen sollte, er hat sich genau gemerkt, wer zum Begräbnis kam und wer nicht, und es sind Gottseidank fast alle gekommen, über hundert Menschen sind beim Begräbnis seiner Mutter gewesen, so viele haben sie früher gar nicht gekannt und gegrüßt, wie dann zum Begräbnis waren, und das Grab liegt schön, nicht zu sehr am Rand, unter Bäumen und nicht im Arme- leuteteil auf dem Friedhof, es ist das einzige Grab, dessen Inschrift aus Blattgold ist, mein Vater hat meine Mutter extra Blattgold im Westen besorgen und hinschicken lassen, weil es drüben kein Blattgold gab, er hat nicht Ruhe gefunden, bis das Grab seiner Mutter das einzige Grab mit Blattgold geworden ist, und erst dann hat er Frieden gehabt, nur mit mir hat er seitdem

Unfrieden gehabt, weil ich die einzige war, die nicht zum Begräbnis kam, er hat es mir nicht verziehen, dass ich nicht mitgefahren bin, gerade du, hat er mir vorgeworfen, ausgerechnet, und er hat mir vorgeworfen, dass ich verstockt und gefühlskalt bin, dafür hat er kein Verständnis gehabt, ich habe in unserer Familie immer als verstockt und gefühlskalt gegolten, und diese Verstocktheit und Gefühlskälte, die sich bei mir aus dem Uncharmanten entwickelt haben, haben sich wieder einmal erwiesen, als ich mich durchaus geweigert habe, zum Begräbnis der Großmutter mitzufahren, wo ich sonst gern dorthin gefahren bin und mich wohlgefühlt habe, mein Vater hat mir diesen Akt meiner Bosheit und, wie er gesagt hat, der Pietätlosigkeit, nicht verziehen. Er hat aber nichts unternehmen können dagegen, weil ich schon volljährig war, meine Großmutter ist genau gestorben, als ich volljährig geworden bin, nur wenige Tage danach, mit meiner Volljährigkeit sind meine Verstocktheit und Gefühlskälte erst richtig zutage getreten, hat mein Vater gesagt, aber er hat nicht wie vor dieser Volljährigkeit etwas dagegen unternehmen können, mich windelweich schlagen, ich schlage dich windelweich, hätte er vorher gesagt, nun kannst du mich aber erleben, und ich hätte ihn wirklich erleben können, wie er mich windelweich geschlagen hätte. Meine Mutter hätte im Flur vor der Wohnzimmertür gestanden mit meinem Bruder, während mein Vater drinnen die Tür zugeschlossen und sich Kognac herausgeholt hätte, aus der Bar im Wohnzimmerschrank, der Schlüssel zur Wohnzimmertür wäre in seiner Hosentasche gewesen, wie es immer gewesen ist, und mein Vater hätte die Gründe für meine Verstocktheit zu finden gesucht, kannst du mir das erklären, hätte er mich gefragt, ich hätte es ihm nicht erklären können, weil ich überhaupt nichts habe erklären können, wenn mein Vater mich angeherrscht hat, und also hätte ich ihn erleben können, je mehr er in mich gedrungen hätte, um so verstockter hätte ich kein Wort gesagt, alle Wörter hätten mich auf einen Schlag verlassen gehabt, wie es immer gewesen ist. Immer habe ich nichts mehr zu sagen gewusst, wenn mein Vater gesagt hat, antworte gefälligst, einmal ist mir, als ich ein Kind war, eine Antwort gekommen, es ist aber die falsche gewesen, und falsche Antworten haben meinen Vater erbost, dann hat man ihn aber erleben können, und seither sind mir überhaupt keine Antworten mehr gekommen, wenn mein Vater gesagt hat, antworte gefälligst, was hast du mir zu sagen, ich habe dich was gefragt, vor lauter Enttäuschung hat er noch einen

Kognac getrunken, während ich überlegt habe, was man sich bricht, wenn man vom ersten Stock runterspringt, aber die Fenster und die Balkontür waren natürlich wegen der Nachbarn geschlossen, und ich habe nicht weggekonnt. Mein Vater hätte ganz wild ausgesehen, weil ich gar nichts geantwortet hätte, er hätte immer mehr gefragt und in mich gedrungen, schließlich hätte er sich aber nicht mehr zu helfen gewusst und meine Verstocktheit bestrafen müssen, weil keine Einsicht und keine Antwort gekommen wären, mein Vater hätte gesagt, das lasse ich mir nicht bieten, das machst du nicht mit mir, und er hätte noch einen Kognac getrunken und schließlich gesagt, nimm die Hand vom Gesicht, ich hätte schon nach dem zweiten Kognac die Hände vor mein Gesicht gelegt, mein Gesicht in den Händen versteckt, ich habe es nicht gewollt, dass mein Vater mich ins Gesicht schlägt, und ich hätte gesagt, bitte nicht ins Gesicht, mein Vater hätte gesagt, nimmst du gefälligst die Hand vom Gesicht, es hätte ihn sehr in Wut gebracht, dass ich die Hand vorm Gesicht nicht heruntergenommen hätte, das bringt mich in Rage, hat er eins ums andere Mal gesagt, ich lasse mir das nicht bieten, aber ich habe die Hand nicht heruntergenommen, er hat sie selbst herunternehmen müssen, beide, er hat meine beiden Hände stets mit der linken Hand festhalten müssen, damit er mit rechts ins Gesicht schlagen konnte, was ihn wirklich in Rage gebracht hat, meine Verstocktheit, er hat mit Gewalt versucht, mir die Verstocktheit auszutreiben, wie er mit Gewalt versucht hat, meinem Bruder die Weichlichkeit auszutreiben, ich dagegen hätte in meiner Verstocktheit nichts weiter versucht, als nicht mit dem Kopf an den Wohnzimmerschrank zu fliegen, es wäre die Katastrophe gewesen, mit dem Kopf durch die Butzenscheiben hindurch zu fliegen, ich hätte mich unter den Schlägen geduckt und wäre zu Boden gegangen, ohne ein Wort gesagt zu haben, und ich hätte gewimmert, dass es aufhören soll, nicht, nicht, hätte ich gesagt, wenn mein Vater mir mit dem Holzpantoffel dann auf den Kopf am Boden getreten hätte, aber meine Verstocktheit wäre eine vollständige gewesen, erst später in meinem Zimmer, in das er mich eingesperrt hätte, wären die Wörter wiedergekommen, und es wären böse und rachsüchtige Wörter ohne Einsicht gewesen, die mir gekommen wären, mein Bruder, wenn er hinterher in sein Zimmer gesperrt war, hat immer laut gesungen, immer hat er gesungen, immer dasselbe Lied, nämlich Hänschenklein, was meinen Vater erbittert hat, und oft hat er ihn dann nochmals reingeholt, aber mein Vater hat meinem Bruder das Hänschenklein nicht austreiben können, die Weichheit hat er ihm austreiben können, aber nicht das Hänschenklein, er hat meiner Mutter die schwersten Vorwürfe deshalb gemacht, meine Mutter hat gesagt, ich tue doch, was ich kann, sei nicht so hart mit ihnen, aber mein Vater hat gesagt, das lasse ich mir nicht bieten, das machen sie nicht mit mir, die sollen mich kennenlernen, wir haben meinen Vater viele Jahre lang sehr kennengelernt, nur hat er es nicht mehr machen können, als meine Großmutter starb, weil ich volljährig war, aber natürlich hat er mit mir ein paar Wochen lang nicht gesprochen nach dem Begräbnis, er hat immer so lange nicht mit mir gesprochen, bis ich mich für mein Verhalten entschuldigt habe, und meine Mutter ist jeden Tag ins Zimmer gekommen und hat gesagt, nun geh schon, entschuldige dich, weil sie es nicht sehr gut aushalten konnte, wenn man nicht miteinander sprach, ich hingegen habe es gut aushalten können, weil ich dann abends lesen konnte und nicht mit Skat spielen musste, wenn sowieso keiner mit mir sprach, denn wenn mein Vater nicht mit mir gesprochen hat, durften die anderen beiden auch nicht, nur wenn er weg war, haben sie heimlich mit mir gesprochen; mein Bruder hat sich immer am selben Abend noch gleich entschuldigt, deshalb haben wir alle mit ihm gesprochen, während ich mich nicht immer sofort entschuldigt habe, ich habe mich manchmal sogar überhaupt nicht entschuldigt, aber manchmal habe ich mich auch entschuldigt, wenn meine Mutter gesagt hat, nun geh schon, entschuldige dich, siehst du nicht, wie ich darunter leide, aber manchmal habe ich mich auch nicht entschuldigt, obwohl ich gesehen habe, wie meine Mutter darunter leidet, ich habe monatelang abends in meinem Zimmer gelegen und Bücher gelesen und gar nichts gemacht. Manchmal habe ich auch überlegt, was ich gemacht hatte, und wenn es mir eingefallen ist, habe ich überlegt, was daran so schlimm war, aber als ich nicht zum Begräbnis gefahren bin, habe ich nicht überlegen müssen, was daran schlimm war, das habe ich gleich gewusst und bin trotzdem nicht mitgefahren, was ein Verrat gewesen ist an der Familie, aber früher habe ich es oft nicht gewusst, ich habe auch manchmal gefragt, was habe ich denn gemacht, aber dann herausgefunden, dass es nicht günstig war, so zu fragen, mein Vater ist von dieser Frage ganz außer sich und in Wut geraten, und ich habe ihn dann kennenlernen müssen, und hinterher, wenn ich in meinem Zimmer war, ist er reingekommen und hat gesagt, jetzt hast du Zeit, darüber nachzudenken, mein Vater hat meine Schlechtigkeit immer gewusst und abgelehnt, wo ich sie noch gar nicht gewusst habe, er hat mir die Schlechtigkeit, die an mir gewesen ist, erst beigebracht und deutlich gemacht, wie er meinem Bruder die Weichlichkeit erst beigebracht und deutlich gemacht hat; mein Bruder hat auch immer überlegt, was man sich bricht, wenn man vom ersten Stock aus dem Fenster springt, hat er an dem Abend gesagt, er hat gesagt, wenn ich in einem geschlossenen Raum bin, zieht es mich immer zum Fenster, unwiderstehlich ziehen mich Fenster an in geschlossenen Räumen, immer habe ich Lust, aus dem Fenster zu springen, ich bin richtig süchtig danach. Meine Mutter hat noch eine Flasche Spätlese geholt, und wir haben weiter getrunken. An diesem Punkt hat sie dann gesagt, alles ist meine Schuld, das hat sie immer gesagt, sie hat die Schuld immer vollständig auf sich genommen und gesagt, alles habe ich falsch gemacht, und wir haben sie trösten und sagen müssen, aber nicht doch, du hast doch nichts falsch gemacht, aber sie hat gesagt, ich bin ganz zermürbt, zwischen dem Vater und euch bin ich aufgerieben, wir haben Angst bekommen, sie setzt sich jetzt ans Klavier und singt Schubertlieder, was sie besonders gemacht hat, wenn sie gedacht hat, sie ist an allem schuld, oder wenn mein Vater nach einer Szene die Tür zugeschlagen hat und weg war, daran war sie schuld, weil er die Pedanterie nicht mehr aushalten konnte, das Kleinliche, was meine Mutter an sich gehabt hat, dann ist er weggefahren und in der Nacht erst wiedergekommen, immer nachdem sie die Steuererklärung gemacht haben, ist es so gewesen, meine Mutter hat die Steuererklärung nicht ganz allein machen können, weil sie Rechnungen und Belege gebraucht hat, die mein Vater aber nicht aufgehoben hat, weil er großzügig war und nicht pingelig, und meine Mutter hat ihm dann vorgerechnet, dass wir uns das nicht leisten könnten, aber mein Vater hat ihr vorgerechnet, dass er sich ihre Pingeligkeit nicht mehr leisten könne, mein Vater hat in seiner Großzügigkeit auf Dienstreisen nicht gespart, nicht an sich und auch nicht an anderen, die er dort kennengelernt und umstandslos eingeladen hat, er hat die Rechnungen großzügig immer bezahlt, und meine Mutter hat gesagt, diese Rechnungen sind gewaltig, mein Vater hat diese Rechnungen immer fortgeworfen und niemals Spesen verrechnet, er hat das Spesenverrechnen abgelehnt, er hätte sich ja geschämt vor der Firma, es sind diese fortgeworfenen Spesen gewesen, weshalb sie gereizt waren, mein Vater hat zu meiner Mutter gesagt, du bist eine Krämerseele, und wir haben sie streiten hören, was es bei uns sonst nie gab, weil meine Mutter keinen Streit mochte, sondern nur Harmonie, und immer nachgegeben hat sonst, nur bei der Steuererklärung haben wir unsere Eltern laut streiten hören, und wenn mein Vater japanische Aktien gekauft hat, da haben sie auch gestritten, weil die japanischen Firmen, die uns Vertreter geschickt hatten, regelmäßig Konkurs haben anmelden müssen, sobald mein Vater unser gesamtes Geld in japanischen Aktien festgelegt hatte, meine Mutter ist gegen japanische Aktien voreingenommen gewesen, seit dem ersten Konkurs einer solchen japanischen Aktienfirma hatte sie dieses Vorurteil, aber mein Vater hat weiterhin, sobald bei uns ein Vertreter auftauchte und für japanische Aktien zu werben anfing, diesem Aktienvertreter Spätlese angeboten und nach einigen Flaschen Spätlese unser gesamtes Geld erneut in japanische Aktien angelegt, auf diese Weise ist unser gesamtes Geld mehrfach von einem Tag auf den andern und praktisch über Nacht verloren gewesen, ohne dass mein Vater, der sehr beliebt war bei den japanischen Aktienvertretern, beim nächsten Mal etwa vom Kauf der japanischen Aktien Abstand genommen hätte, meine Mutter hat gesagt, wir haben noch nichtmal alle Kredite zurückbezahlt, wovon sollen wir denn die Kredite zurückbezahlen, wie stellst du dir das nur vor; meine Mutter hat, auch als mein Vater schon ziemlich von unten nach oben gekommen war, oft gesagt, wäre das nicht ein Traum, einfach in einen Laden gehen und sich ein Kleid kaufen können, sie hat auch davon gesprochen, dass es ein Traum wäre, bedenkenlos eine Bluse kaufen zu können, leichtsinnig sein, hat sie gesagt, diesen Leichtsinn hat ihre Kleinlichkeit aber nicht zugelassen, meine Mutter hat immer im Schlussverkauf unsere Kleidung gekauft, ihre Sachen und die für meinen Bruder und mich, mein Vater hat oft gespottet, wieder ein Sonderangebot, wenn sie ihm etwas vorgeführt hat, einen Rock oder einen Pullover, was sie tatsächlich zu heruntergesetztem Preis erworben hatte, meine Mutter hat sich gleichzeitig nicht getraut zu erzählen, wie billig das war, was sie eingekauft hatte, weil mein Vater sich dann hätte schämen müssen, wenn sie gesagt hat, heruntergesetzt von siebzig auf dreißig, hat mein Vater gesagt, in dem Ladenhüter gehe ich nicht mit dir aus, meine Eltern sind selten ausgegangen wegen der Ladenhüter, in denen unsere Mutter immer gesteckt hat zu heruntergesetztem Preis, während mein Vater nicht nur um etliches jünger gewesen ist als meine Mutter, sondern auch maßgeschneiderte Anzüge trug, gleich von Anfang an, nachdem mein Vater die Stelle hatte in seiner Firma, war meinem Vater das Beste grad gut genug, das sieht man doch gleich, Konfektion, hat mein Vater gesagt, und er hat es sofort gesehen, dass meine Mutter wieder in einem Ladenhüter gesteckt hat, wenn sie ein neues Kleid anhatte. Er hat gesagt, du hast einfach keinen Pep, meine Mutter hat ihm zugestimmt, dass sie keinen Pep hätte, wie soll denn ich Pep haben, wo ich sehen muss, dass es nicht reicht, und du schmeißt das Geld kübelweise zum Fenster hinaus, aber mein Vater hat gesagt, überhaupt nicht kübelweise, und kann denn ich für deinen Geiz, und irgendwann hat die Tür geknallt, und mein Vater ist rausgerast und erst spät in der Nacht betrunken zurückgekommen, immer an diesen Abenden hat meine Mutter Schubertlieder gesungen, nachdem sie gesagt hat, es ist alles meine Schuld, und die Stimmung ist schrecklich gewesen, meine Mutter hat am Klavier geweint, und es hat eine Melancholie in der ganzen Wohnung gelegen, deswegen haben wir, als meine Mutter gesagt hat, alles habe ich falsch gemacht, gefürchtet, dass sie gleich mit den Schubertliedern anfangen würde, denn wenn meine Mutter gesagt hat, alles habe ich falsch gemacht, oder, alles ist meine Schuld, dann ist es auch meistens so weitergegangen, und hinterher hat sie auch noch gesagt, dass sie alt ist und hässlich und unscheinbar, eine graue Maus, und dass mein Vater mit ihr keinen Staat machen kann, was er aber dringend hat machen müssen, alle Herren haben immer ihre Damen mitgebracht, wenn die Firma Betriebsfeste gemacht hatte, nur mein Vater hat meine Mutter nicht mitbringen können, weil mit ihr kein Staat zu machen war, und wegen der Sonderangebote und Ladenhüter, in denen sie gesteckt hat, sie hat auch die Umgangsformen nicht gut gekannt, und mein Vater hat sich einmal fürchterlich für sie schämen müssen, als er sie doch mitgebracht hatte, und gleich wie es losging, ist meine Mutter gefragt worden, ob sie einen Martini will, und sie hat gesagt, ja gern, und dann ist sie weiter gefragt worden, wie sie diesen Martini denn will, ob sie ihn trocken will, und sie hat gesagt, ich kenne Martini eigentlich eher nass, und mein Vater war total blamiert, dass ein so weltgewandter Mann eine Frau hat, die nicht einmal weiß, was ein trockener Martini ist, hat er hinterher bitter gesagt, mussten die Leute gesagt haben, wir haben zu Hause auch niemals Besuch gehabt, das hätte den günstigen Eindruck, den mein Vater in seiner Firma gemacht hat mit seiner Tüchtigkeit und dem geselligen Charme, und weil er intelligent dazu war, sofort zerstört, kaum hätte der Chef von meinem Vater zum Beispiel, den er zu seinem Bedauern niemals hat einladen können, gesagt, er möchte einen Martini trinken, und meine Mutter hätte nicht gewusst, was ein Martini ist, sondern einen Cinzano rosso für einen Martini gehalten und dem Chef meines Vaters statt eines Martini einen Cinzano rosso ins Glas geschenkt, wäre der gesamte günstige Eindruck, den der Chef von meinem Vater in seinem Beruf erhalten hatte, vollständig ruiniert gewesen; ich kann mir das nicht erlauben, hat mein Vater gesagt, wenn meine Mutter gesagt hat, sie vermisst die Gäste, die es bei uns nicht gegeben hat, seit wir im Westen waren, weil es für uns keine passenden Leute gab, auch für meinen Bruder und mich hat es keine passenden Freunde gegeben; entweder unsere Freunde sind aus armen Verhältnissen gewesen, dann haben sie nicht gepasst, weil sie am Tisch nicht manierlich gegessen haben und man ihnen die kleinen Verhältnisse auch sofort und in ihrer Sprache hat anmerken können, sie haben die Haare sich wachsen lassen, und mein Vater hat gesagt, wenn ich einen von euch mit Mähne erwische, am Ende gar auf der Straße, wir haben die Haare immer ganz kurz gehabt, mein Bruder und ich, man hat mich viele Jahre für einen Jungen gehalten und gesagt, nun sei mal ein Kavalier, heb der Dame die Tasche auf; wenn irgendeiner Frau irgend etwas runtergefallen war, haben immer alle sofort auf mich geschaut, dass ich mich bücke, weil ich ein Kavalier hätte sein müssen mit meinem abgeschorenen Haar, ich habe häufig mit meinem Bruder zum Haarschneiden gehen müssen, uns ist der Nacken mit einem Nackenscherapparat geschoren worden vom Haaransatz bis zum Hinterkopf hoch, meine Mutter hat mich getröstet und immer gesagt, wenn man die Haare viel schneidet, wachsen sie besser, ich habe aber gefunden, dass sie besser wachsen, wenn man sie wachsen lässt, weil ich die Haare lang haben wollte wie meine Freundin, der man die armen Verhältnisse sofort an den langen Haaren hat anmerken können, aber auch meine andere Freundin ist unpassend gewesen, weil man dieser Freundin nun wieder die neureichen Verhältnisse übel hat anmerken können, weshalb der Umgang mit ihr ebenfalls nicht gepasst hat, meine Eltern haben gesagt, neureich ist keine Kultur, weil diese neureiche Freundin Softeis hat essen dürfen, so viel und so oft sie wollte, und Softeis ist keine Kultur, außerdem hat mein Vater es nicht gemocht, wenn er heimkam am Abend, dass dann noch fremde Kinder außer den eigenen da waren, deshalb haben meine Freundinnen, ebenso wie die Freunde von meinem Bruder, immer schon weggemusst vor dem Abendbrot, und es hat sich für sie nicht zu kommen gelohnt, weil mein Bruder und ich unsere Hausaufgaben gemacht haben mussten, wenn abends mein Vater kam, und eine Stunde Klavier gespielt, nicht mehr und nicht weniger, und in der Zeit hätten unsere Freunde nichts anzufangen gewusst, weil sie ihre Aufgaben später machten, am Abend, wenn bei uns ferngesehn wurde und Skat gespielt, weil wir eine richtige Familie waren und abends etwas gemeinsam gemacht haben, während meine Freundinnen ausnahmslos nicht aus richtigen Familien kamen, in denen etwas gemeinsam gemacht worden ist, es ist mir tatsächlich niemals jemand begegnet, der aus einer richtigen Familie kam, fortwährend sind mir ausschließlich solche Menschen begegnet, die nicht aus richtigen Familien kamen, sondern aus solchen, in denen die Kinder am Abend noch Aufgaben machten, wenn ihre Eltern Besuch hatten oder im Kino waren, was meine Eltern niemals gemacht haben, soweit ich denken kann; alle gemeinsam sind wir einmal im Monat in ein Konzert gegangen, wir haben ein Abonnement gehabt, und alle höheren Angestellten sind einmal im Monat auf solche Abonnements, wie auch wir eines hatten, ins Konzert gegangen, meine Mutter ist darüber glücklich gewesen, sie hat die Konzerte geliebt und jedesmal überschwenglich die musikalische Qualität der Konzerte gelobt, ich bin ganz ausgehungert, hat sie gesagt, und es sind immer hervorragende internationale Symphonieorchester gewesen, aus London, Tokio und Philadelphia, auch die Programme, die sie gespielt haben, sind gut zusammengestellt gewesen, ausgewogen, hat meine Mutter gesagt, weil auf Haydn etwas Modernes folgte und dann nach der Pause Brahms. Bei diesen Konzerten ist immer so lange am Schluss geklatscht worden, bis eine Zugabe kam, und die Zugaben waren meist etwas Keckes oder auch Furioses, meistens zum Abschluss nochmal modern, aber kurz, was meiner Mutter besonders gefallen hat, weil sie mit dieser modernen Musik nicht viel anfangen konnte; sie hat gesagt, für mich hört die Kunst mit dem Ende des letzten Jahrhunderts auf, schon Mahler ist meiner Mutter fremd geblieben, ich kann mit Mahler nichts anfangen, hat meine Mutter mehrfach gesagt, aber auf den Konzerten ist niemals Mahler gespielt worden und das Moderne geschmackvoll kurz, weil die Programme ausgewogen gewesen sind. Ich habe das Moderne nicht auf diesen Konzerten

kennengelernt, also nicht kurz, sondern heimlich im Radio gehört, und aus dem Radio heraus den Eindruck gewonnen, dass
die Musik der Mathematik nicht fremd, sondern tief verwandt
ist, sie gehören engstens zusammen, habe ich meiner Mutter
gesagt, aber meine Mutter ist nicht für Zwölfton gewesen, das
klingt so gar nicht harmonisch, hat sie gesagt, sie hat es gern
gehabt, wenn es harmonisch geklungen hat, aber doch wiederum
nicht so schrumschrumschrum wie bei Verdi, den sie nicht für
seriös gehalten hat. Mein Vater hat sich auf diese Konzerte nicht
sehr gefreut, nicht schon wieder, hat er gesagt, aber er hat doch
hingemusst wegen der höheren Angestellten, die in der Pause mit
einem Getränk in der Hand herumgewandelt sind, er ist immer
froh gewesen, wenn es vorbei war und alle höheren Angestellten
ordnungsgemäß begrüßt worden waren, mein Vater hätte eigentlich nach der Pause schon wieder gehen können, was er auch
einige Male gemacht hat, allerdings ist es dann aufgefallen, dass er
nicht auf seinem Platz gesessen hat, bei den Abonnements ist es
nämlich so, dass immer jeder den Platz, den er hat, über Jahre
hinaus behält, und die höheren Angestellten grüßten sich nicht
nur in der Pause, sondern auch drinnen im Saal, weshalb mein
Vater dann nicht mehr nach der Pause weggegangen ist, sondern
meistens durchgehalten hat bis zum Schluss, damit jeder weiß, er
hält durch bis zum bitteren Ende. Mein Vater hat diese Konzerte
auch deswegen nicht gemocht, weil er gewusst hat, dass er eigentlich kein höherer Angestellter sein wollte, sondern ein höchster,
was er schon gleich beschlossen hatte, als er in seiner Firma die
Stelle bekam, und er hat alles gemacht, wie wenn er ein höherer
Angestellter wäre, in Wirklichkeit hat er schon gleich von Anfang an gewusst, dass er einmal ein höchster Angestellter sein
wird, und er hat dieses Ziel nicht langsam und geduldig, sondern
äußerst zügig, ja, in raschestem Tempo verfolgt, er hat die Abonnementkonzerte nur nebenbei absolviert, und meine Mutter hat
an dem Abend schon geahnt, dass es mit diesen Abonnements
vorbei sein würde, sobald mein Vater befördert wäre, ich gönne
es ihm von Herzen, hat sie gesagt, aber es hat keiner im Ernst
geglaubt, dass er dann jemals wieder ein Abonnementkonzert
besuchen würde, weil diese Stufe der höheren Angestellten dann
überwunden wäre, und meine Mutter hat gesagt, dass nach den
Abonnementkonzerten die Stufe der trockenen Martinis, der
Drinks, hat meine Mutter gesagt, beginnen würde, so sähe sie es
auf sich zukommen, meine Mutter hat an diesem Abend aber,

weil sie zwar schwankend, aber zum ersten Mal in ihrem Leben doch immerhin auch aufsässig war, erkennen lassen, dass sie die Abonnementkonzerte der Stufe der Drinks mit Entschiedenheit vorziehen würde; ich habe ja alles mitgemacht, hat sie gesagt, womit sie die Käufe von immer teureren Autos, die Urlaubsreisen in immer undörflichere Feriensiedlungen statt an wiesen- und also blumenreiche österreichische Bergseen gemeint hat, und mein Vater hatte auch tatsächlich kurz vor der Dienstreise, von der es als ausgemacht galt, dass sie der letzte Meilenstein auf dem Weg zur Beförderung sein würde, angekündigt, dass er das Abonnement zu kündigen beabsichtige, statt dessen habe er vor, im Sommer einmal nach Bayreuth zu fahren, er habe Wagner sein Lebtag nicht richtig geschätzt, was ein Fehler gewesen sei, Wagner nicht richtig zu schätzen, er habe vor, diesen Fehler nun endlich zu korrigieren, und meine Mutter hat Bayreuth mit den trockenen Drinks und den immer teureren Autos in eine Verbindung gebracht, weil sie sich weder aus Wagner noch aus den trockenen Drinks nur das allergeringste gemacht hat, an diesem Abend hat sie gesagt, ich habe ja alles mitgemacht, aber irgendwo hört es auf, womit sie gemeint hat, dass es bei Wagner aufhört und bei den trockenen Drinks, in Wirklichkeit hat es schon bei der Spätlese aufgehört, haben wir dann gesagt, aber ihr sind die Konzertabonnements doch sehr lieb gewesen, weil sie das waren, was meine Mutter die klassische Harmonie genannt hat, daran hat meine Mutter geglaubt. Wo sie schon nicht religiös war, hat sie an klassische Harmonie geglaubt, an Dominante und Sub- dominante, am liebsten ist meiner Mutter gewesen, wenn wir zusammen Quodlibets gesungen haben; meine Mutter hat Hin- demith, obwohl er nach Brahms war, als einzigen noch gemocht für seinen Kontrapunkt, das kontrapunktlos Atonale ist ihr zuwider gewesen, das tut meinen Ohren weh, hat sie gesagt und war froh, dass die Ausgewogenheit in den Konzerten war und das Moderne nur kurz, während ich das Moderne auf den Abon- nementkonzerten immer als seifig empfunden habe in seiner Ausgewogenheit und also Kürze, überhaupt habe ich gesagt, mir ist die klassische Harmonie mitsamt ihren Dominanten und Sub- dominaten äußerst suspekt, ich habe den Verdacht gehabt, dass alles in diese Harmonie nur hineingequetscht würde, zu meiner Mutter habe ich gesagt, die armen Stimmen, da werden sie mit Gewalt in die Harmonie hineingequetscht, meine Mutter hat aber ausgerufen, i wo, mit Gewalt hat das nichts zu tun, die

Harmonie, und sie hat von Stimmigkeit und Zusammenklingen gesprochen, was bei der Zwölftonmusik nicht mehr vorkäme, ich habe gesagt, die Zwölftonmusik ist totale Kontrolle. Meine Mutter hat versucht, mir die Schubertlieder nahezubringen, es ist ihr aber nicht gelungen, sie hat für Schubert bei mir vergeblich geworben, ich habe schon gewusst, dass es bei Schubert enharmonisch verwechselt zugeht, und trotzdem ist es meiner Mutter in keinem Moment gelungen mich für die Schubertlieder freundlich zu stimmen oder gar zu gewinnen, kaum hat meine Mutter am Klavier gesessen und so ein Schubertlied aus der Winterreise angefangen zu singen, haben sich an meinen Armen und überall die Haare aufgerichtet, weil meine Mutter Schubertlieder nur mit gebrochener Stimme sang, um zu weinen, kaum saß sie am Klavier und fing mit den Schubertliedern an, kamen ihr auch schon die Tränen, die ich deswegen auch die Schuberttränen von meiner Mutter genannt habe, es sind vielleicht nicht die Schubertlieder gewesen, sondern die Schuberttränen von meiner Mutter, wovon mir die Haare zu Berge gingen, habe ich oft gedacht, und an diesem Abend bin ich erleichtert gewesen, dass sie nicht zum Klavier ging, dennoch hat sie, nachdem sie gesagt hat, irgendwo hört es auf, nicht mehr weitergewusst, was dann werden soll, wenn es aufgehört hat, weil sie gefunden hat, dass es weitergehen muss bis zu diesem Abend. Mein Bruder ist aber froh gewesen, dass diese Abonnementkonzerte aufhören sollten, für meinen Bruder sind die Konzerte die reinste Qual gewesen, hat er gesagt, die gesamte Musik auf diesen Konzerten ist meinem Bruder entgangen, weil meinen Bruder die ganze Zeit, während wir stillsitzen mussten, sein oberster Hemdknopf gequält hat. Wir sind immer sehr gut angezogen dorthin gefahren, alle vier haben wir unsere besten Sachen anziehen müssen, und mein Vater hat immer festgestellt bei der Gelegenheit, dass meine Mutter gar keine besten Sachen gehabt hat, sondern nur Ladenhüter, was ihm die Stimmung verdorben hat, mit dieser verdorbenen Stimmung hat er meinen Bruder und mich angesehen, ob wenigstens wir ausreichend gut angezogen wären, und dann hat er zu meinem Bruder gesagt, das geht nicht, den obersten Hemdknopf offen zu lassen, mach den Knopf zu, hat er von meinem Bruder verlangt, und wenn mein Bruder gesagt hat, das juckt so und kratzt, hat er gesagt, das sind deine Ticks, denn mein Bruder hat solche Empfindlichkeiten gehabt, und eine davon ist gewesen, dass ihn geschlossene Krägen gejuckt und gekratzt haben; sobald der Kragenknopf an seinem

Hemd hat zugemacht werden müssen, hat mein Bruder angefangen, den Hals in alle möglichen Richtungen hin- und herzudrehen und zu recken, mein Vater mit seiner von den Ladenhütern, in denen er meine Mutter hat mitnehmen müssen, ganz verdorbenen Stimmung, hat immer gleich gesehen, dass mein Bruder versucht hat, mit offenem Kragenknopf durchzukommen bis ins Konzert, aber da ist er an den Falschen geraten, mein Bruder, sofort hat er den Kragenknopf schließen müssen, weil ungeschlossene Kragenknöpfe nachlässig aussehen, und wenn mein Vater eine besonders verdorbene Stimmung gehabt hat, hat mein Bruder ihn kennenlernen können, und dann hat er über den geschlossenen Kragenknopf noch eine Fliege oder Krawatte binden müssen, von dem Augenblick an ist er für alle Musik verloren gewesen, weil seine Ticks ihn den Abend über nicht losgelassen haben, er hat im Konzert gesessen und seinen Kopf in alle Richtungen recken und drehen müssen vor Qual; und mein Vater hat seine Verzweiflung und die bittere Enttäuschung nicht zeigen können, weil wir im Abonnementkonzert waren, es ist eine Schmach für meinen Vater gewesen, dass jeder hat sehen können, wie mein Bruder mit seinen Ticks behaftet war, mit der Zeit hat mein Bruder beim Schlucken Beschweren bekommen; sobald er den obersten Hemdknopf geschlossen hatte, hat er fast keinen Bissen mehr schlucken können, ohne sich seltsam und sonderlich dabei zu räuspern, dieses Räuspern hat meinen Vater zur Raserei bringen können, mein Bruder hat in unserer Familie als Christian Buddenbrook gegolten, lass ihn, hat meine Mutter gebeten, wenn meinen Vater das Hüsteln und Räuspern von meinem Bruder auf die Palme gebracht hat, wie er gesagt hat, aber mein Vater hat ihn nicht lassen können, ich will keinen Christian Buddenbrook in der Familie, hat er gesagt und es nicht geduldet, mein Bruder selbst hat auch kein Christian Buddenbrook sein wollen, nur den obersten Hemdknopf hat er nicht schließen wollen, mein Vater hat gesagt, so fängt es an mit den Sonderlichkeiten, es ist gar nicht in Frage gekommen, den obersten Hemdknopf offen zu lassen, weil mein Vater keinen Zweifel hatte, dass es so anfängt und dass mein Bruder mit offenem Kragenknopf auch und erst recht nichts anderes wäre als Christian Buddenbrook, dieser Sonderling, auf die Weise ist er für alle Musik verlorengegangen und nur heilfroh gewesen, als meine Mutter gesagt hat, irgendwo hört es auf, womit meine Mutter jedoch Wagner und die Martinis gemeint hat und nicht die Konzerte. Ich habe meine Mutter aber trotzdem gefragt, warum eigentlich, wenn du sie magst, müssen die Abonnementkonzerte aufhören, es ist dies eine äußerst aufsässige Frage gewesen, und allen ist augenblicks schwindlig geworden vor Spätlese und Aufsässigkeit, weil meine Mutter schließlich nicht einfach in Abonnementkonzerte spazieren hat können, während mein Vater im trockenen Martini rührt, meine Mutter hat gar nirgendswo hinspazieren können am Abend als manchmal zu ihren Elternabenden, die sie hat abhalten müssen qua Dienstverpflichtung von Zeit zu Zeit, sie hat diese Elternabende sehr kurz gehalten, um bald daheim zu sein, und wenn meine Mutter auf Klassenfahrt war, ist regelmäßig der Haushalt bei uns zusammengebrochen; eine Abwesenheit meiner Mutter vom Haushalt hat binnen kurzer Zeit zum totalen Zusammenbruch dieses Haushalts geführt, euer Vater ist hilflos wie ein Kind, hat sie anschließend oft gesagt, wenn sie noch das Verbrannte gerochen hat, was in unserer Wohnung hing, sobald mein Vater den Haushalt hat übernehmen müssen, wenn meine Mutter auf Klassenfahrt war; wir haben dieses Verbrannte zuvor gegessen und so getan, als merkten wir nichts, aber es ist schwer gewesen, weil wir oft nicht gewusst haben, was es ist; für den Haushalt ist eine Klassenfahrt von meiner Mutter eine viel fatalere Katastrophe gewesen als eine Krankheit, weil meine Mutter mit vierzig Fieber den Haushalt hat machen können, aber nicht, wenn sie auf Klassenfahrt war, während mein Vater ihn überhaupt nicht hat machen können; und wenn meine Mutter Elternabende hatte, ist er auch so hilflos gewesen wie ein Kind, sie hat ihm vorher alles gerichtet und hingestellt, aber trotzdem hat sie den Elternabend so kurz halten müssen wie möglich, damit in der Zwischenzeit nicht doch noch der Haushalt zusammenbricht, selbst die kürzeste Abwesenheit meiner Mutter vom Haushalt ist für den Haushalt gefährlich gewesen, deshalb ist es wirklich der Gipfel der Aufsässigkeit gewesen, den wir an diesem Abend erreicht haben, dass ich gesagt habe, warum eigentlich müssen die Abonnementkonzerte aufhören, genausogut hätte ich sagen können, unser gesamter Haushalt soll aufhören, tatsächlich sind diese beiden Sätze gewissermaßen dasselbe gewesen, das Zusammenhalten in unserer Familie hat eine Abwesenheit meiner Mutter nicht eine Sekunde verkraftet, ohne in ein Zusammenbrechen sich zu verwandeln; als meine Mutter einmal im Krankenhaus liegen musste, hat sie mein Vater nach kaum einer Woche energisch nach Hause geholt, der Arzt hat gesagt, auf gar keinen Fall, und dass er das nicht verantworten kann, aber mein Vater hat gesagt, das Zusammenbrechen der ganzen Familie, ob er das verantworten könnte, schließlich hat der Arzt gesagt, er habe auch Familie, und eingewilligt, meine Mutter heraus- und ihrer Familie zurückzugeben, und in der einen Woche ist bereits so viel niedere Arbeit und Wäsche angehäuft gewesen, dass meine Mutter kaum mit dem Waschen und Bügeln und Spülen fertig geworden ist, aber sie hat die Zähne zusammengebissen und sich an die Arbeit gemacht. Eine Nierenbeckenentzündung ist aber kein Abonnementkonzert, und mein Vater hat die Abwesenheit meiner Mutter vom Haushalt nur deshalb die eine Woche lang hingenommen, weil eine Nierenbeckenentzündung schließlich ja kein Vergnügen ist, während das Abonnementkonzert meiner Mutter das reinste Vergnügen gewesen ist, mein Vater hätte es niemals hingenommen, dass meine Mutter zu ihrem Vergnügen den Haushalt zusammenbrechen lässt, schon die Nierenbeckenentzündung und den dadurch verursachten Zusammenbruch des gesamten Haushalts hat mein Vater im Grunde nicht hingenommen, weil es weitergehen musste, mein Vater hat aufs Energischste alles getan, dass es weitergeht. Und wenn es über die Abonnements bereits hinaus- und also weitergegangen war, würde keiner von uns mehr einen Schritt in die von meinem Vater dann sofort gekündigten Abonnementkonzerte machen dürfen, das war klar. Ist das klar, würde mein Vater gesagt haben, falls meine Mutter versucht haben würde, ihr Abonnement vor der Kündigung durch meinen Vater zu retten, habe ich mich deutlich ausgedrückt, hat mein Vater auch häufig gesagt, oder er hat gesagt, habe ich mich noch nicht deutlich genug ausgedrückt, worauf sich der jeweilig Angesprochene immer beeilt hat zu sagen, o doch, sehr deutlich, mein Vater hat auch gesagt, haben wir uns verstanden, und jeder hat sich beeilt zu sagen, ja, haben wir, dadurch hat es in unserer Familie eigentlich keine Missverständnisse und keine Verbote gegeben, mein Vater hat niemals etwas direkt verboten, er hatte auch meiner Mutter niemals gesagt, du gehst mir nicht in die Konzerte, wenn er gleichwohl nicht gewollt hätte, dass sie in die Konzerte geht; mein Vater hätte ihr ruhig erklärt, dass die Konzerte nur etwas sind für die höheren, nicht aber für die höchsten Angestellten, und wenn meine Mutter das nicht gleich verstanden hätte, weil sie so gerne in die Konzerte ging wegen dem Schönen, der Harmonie und Ausgewogenheit, die meiner Mutter sehr wichtig waren, hätte er einen

Kognac getrunken und es ihr nochmal erklärt, anschließend hätte er gesagt, haben wir uns verstanden, und meine Mutter hätte sich beeilt zu sagen, dass sie sich jetzt verstanden hätten. In richtigen Familien hat man Verbote nicht nötig, hat mein Vater gesagt, und sie sind wirklich überflüssig gewesen, weil wir uns immer verstanden haben, und wenn ich manchmal trotzig gewesen bin und gesagt habe, keineswegs, hat es von vorn angefangen, und es ist immer so lange gegangen, bis ich auf seine Frage, haben wir uns verstanden, mich beeilt habe zu sagen, das haben wir, im Grunde ist ein Missverständnis in einer richtigen Familie so gut wie ausgeschlossen, deshalb ist auch das Aufsässige an meiner Frage, warum müssen die Abonnementkonzerte eigentlich aufhören, vollkommen unmissverständlich gewesen, meine Mutter hat gesagt, das ist Blasphemie, und wir haben uns sehr gewundert, dass nicht sofort ein Blitz aus dem Himmel gekommen ist und mich erschlagen hat, mein Bruder hat dann gesagt, sieh mal an, er ist auch nur ein Mensch, und wir sind alle ziemlich erlöst gewesen, weil wir das vorher noch nie in Betracht gezogen hatten, aber weder ist ein Blitz eingeschlagen, noch ist mein Vater erschienen, wir haben weiter am Tisch gesessen und uns verschworen gefühlt, bis uns schließlich das schlechte Gewissen überfallen und gepackt hat. Wie gehässig wir sind, hat meine Mutter traurig gesagt, wir tun ihm Unrecht. Dann hat sie sich einigermaßen gerade hingesetzt und ihren Lieblingssatz vor sich hingesagt, ihr Lieblingssatz ist ein Fontanesatz gewesen. Er hat viel Gutes in seiner Natur und ist so edel, wie jemand sein kann, der ohne rechte Liebe ist. Amen, hat mein Bruder darauf gesagt, und ich habe meine Mutter daran erinnert, dass dieser Satz so ziemlich der letzte gewesen ist, den sie gesagt hat, Effi, bevor sie gestorben ist; meine Mutter hat Effi Briest sehr gern gehabt, aber dann hat sie einen Moment gegrübelt, und ihr sind zum Glück wieder diese ekligen Muscheln ins Auge gefallen, sie hat noch ein wenig gegrübelt und dann gesagt, aber andererseits, und etwas gezögert, nun sag schon, haben wir zu ihr gesagt, weil wir gleich gewusst haben, dass jetzt etwas kommt, was sie sich nicht getraut hat zu sagen, und es ist dann herausgekommen, dass meine Mutter schon immer ganz im geheimen Medea verehrt und bewundert hat, wir haben zunächst einen riesigen Schrecken bekommen, nachdem sie Medea gesagt hatte, weil wir ja die Kinder waren, uns hätte es schließlich erwischt, aber meine Mutter hat gesagt, das sind eben Phantasien, alle vergiften, und dann ist

Ruhe. Meine Mutter hat nämlich auch überspannte Gedanken gehabt, und jetzt hat sie diese Gedanken plötzlich gesagt. Komischerweise haben sich an meinen Armen und überall die Haare dabei nicht aufgestellt, nach dem ersten Schreck bin ich sehr erleichtert gewesen, obwohl es ja mich erwischt hätte, wenn meine Mutter es ernst gemeint hätte, und meinen Bruder; kaum hatte sie das gesagt mit Medea, alle vergiften, und dann ist Ruhe, ist sie sich abgrundtief schlecht vorgekommen, sie hat ausgerufen, dass der liebe Gott ihr verzeihen soll, weil sie so abgrundtief schlecht ist, dabei hat meine Mutter an einen lieben Gott nie geglaubt, überhaupt an keinen Gott, sondern nur an die Harmonie und das Gute im Menschen, und es hat sie bestürzt, dass jetzt, statt wie üblich das Gute, nur Schlechtes aus ihr herausgekommen ist, sie hat sich aber nicht wie sonst mehr zusammengerissen, sondern gesagt, dass der liebe Gott sie mit Sicherheit fürchterlich strafen werde, weil sie so schlecht ist, bestimmt müsste sie nun bald sterben, aber sie ist dabei geblieben, dass sie Medea verehrt und bewundert hat, ihr seid doch mein ein und alles, hat sie gesagt, weil sie sich selbst nicht begriffen hat, keiner hat ja bezweifelt, dass wir das ein und alles für unsere Mutter gewesen sind, es hat auch niemand bezweifelt, dass Medea ihre Kinder geliebt hat, meine Mutter hat nicht begriffen, wohin das Gute in ihr auf einmal verschwunden war, sie hat es sich mit dem lieben Gott, an den sie doch gar nicht geglaubt hat, an dem Abend gründlich verscherzt, wir haben es meiner Mutter aber nicht übelgenommen, dass sie uns alle vergiften wollte, sondern haben uns nur gefreut, dass das Versöhnliche, worunter wir sehr gelitten hatten, endlich einmal verschwunden war, aber für meine Mutter ist es doch sehr schlimm gewesen, weil ihre ganze Harmonie und das Gute im Menschen natürlich zusammenbrach; es ist etwas anderes, ob man Medea im stillen verehrt und bewundert, während man Effi Briest zitiert, oder ob man es auch noch laut sagt, und jetzt hatte sie es gesagt. Für meine Mutter ist an dem Abend alles zusammengebrochen; und es hat daran gelegen, dass mein Vater nicht um sechs, wie erwartet, nach Hause gekommen war, sondern dass die Muscheln um dreiviertel zehn noch immer in ihrer Schüssel gelegen haben, dass wir Spätlese getrunken und keine Tagesschau eingestellt hatten, was nicht normal gewesen ist in unserer Familie, es ist dreiviertel zehn gewesen, als wir dann auf die Uhr geschaut haben.

Wir hatten die ganze Zeit nicht auf die Uhr geschaut. Als das

Telefon geklingelt hat, haben wir aber wie auf Kommando alle drei auf die Uhr geschaut, wir sind panisch geworden, und es ist uns nichts anderes eingefallen in unserer Panik, und also haben wir erst einmal auf die Uhr geschaut, da ist es dreiviertel zehn gewesen. Natürlich ist uns das Herz stehengeblieben, weil das Telefon in unsere Schlechtigkeit hinein wie die Strafe Gottes geklingelt hat, es ist so ein Telefonklingeln gewesen, von dem wir gedacht haben, aha, das Jüngste Gericht fängt um dreiviertel zehn an, das hatten wir nicht gewusst, dieses Klingeln hat das Ende der Welt eingeläutet, gerade als sowieso für meine Mutter alles zusammengebrochen war, weil sie zugegeben hat, dass sie ebenso wie Medea uns alle vergiften hat wollen, worüber sie selbst sich am wenigsten hat beruhigen können, weil sie niemals gedacht hätte, dass sie das jemals verrät, und genau in dem Augenblick muss das Telefon klingeln, haben wir gedacht und sind völlig erstarrt; einer hat dem andern in ein erstarrtes Gesicht geblickt, jeder hat die aufgerissenen Augen beim andern gesehen, kreideweiß sind wir alle gewesen, und nachdem wir gewusst haben, dass das Jüngste Gericht um dreiviertel zehn anfängt, haben wir sonst nichts mehr gewusst, sondern uns nur noch starr weiter angeschaut. Ich habe dann auch noch auf meine Hände geschaut, wie das Telefon schier nicht aufhören wollte zu klingeln, dabei habe ich gemerkt, dass ich die Fingernägel heruntergekaut hatte, über die Fingerkuppen bis auf das rohe Fleisch, an den heruntergekauten Fingernagelrändern ist an allen zehn Fingern ein roter, blutiger Rand zu sehen gewesen, ich habe die heruntergekauten Fingernägel, nachem ich den roten Rand nicht mehr sehen konnte, nach innen versteckt in der Faust und zu meiner Mutter hinübergeschaut, meine Mutter hat das Fingernägelkauen an dem Abend nicht bemerkt, ihre Fingernägel sind perlmutterfarben rosé lackiert gewesen und haben sehr hübsch und gepflegt ausgesehen, weil sie sie gerade am Nachmittag frisch lackiert hatte; während mein Vater auf Dienstreise war, hat meine Mutter keine lackierten Nägel gehabt, bei der Hausarbeit splittert der Lack, hat sie gesagt, und alle zwei Tage lackieren, das ist ihr doch albern gewesen, auch hat meine Mutter nicht gefunden, dass das Schöne ausgerechnet lackierte Fingernägel sein müssen, aber mein Vater hat von seiner Sekretärin die ochsenblutrot lackierten Fingernägel gelobt und davon geschwärmt, nimm dir ein Beispiel, hat er zu meiner Mutter gesagt, meine Mutter hat darauf gesagt, du hast reden, wenn deine Sekretärin am Abend nach Hause kommt, hat sie massenhaft Zeit, sich zu pflegen, weil diese Sekretärin eine junge, ledige, kinderlose Person gewesen ist, und da hat sie Zeit gehabt, sich zu pflegen und die Haare sich blond zu färben; aber meine Mutter hat dann doch die Nägel lackiert, ochsenblut hat sie sie nicht lackiert, aber perlmutterfarben rosé, weil die Hände auch etwas verarbeitet waren, das wäre bei rot mehr aufgefallen, dass die Hände von meiner Mutter verarbeitet waren; ich habe dann hinüber zu meinem Bruder geschaut, während das Telefon endlos geklingelt hat, mein Bruder hat gemerkt, wie ich auf seine Hände geschaut habe, und sofort eine Faust gemacht, damit ich die blutigen Ränder nicht sehe an allen zehn Fingern, mir ist der Schweiß ausgebrochen, weil ich nun nicht mehr gewusst habe, wo ich noch hinschauen soll; mein Bruder hat plötzlich ins Klingeln des Jüngsten Gerichts hinein mit heiserer Stimme gesagt, vielleicht ist es ja jemand anders, aber darauf hat keiner zu antworten gebraucht, es ist nur so ein Versuch gewesen, das Telefon hat immer noch weitergeklingelt. Und dann ist meine Mutter aufgestanden. Ich habe gedacht, sie kippt um, sie ist schwankend in Richtung zum Telefon ein paar Schritte gegangen, sie ist so langsam aufs Telefon zugeschwankt, dass ich dachte, sie will ihm noch eine Chance geben, vielleicht, dass es aufhört, bis sie beim Telefon ist, keiner hat mitgezählt, aber es hat bestimmt zwanzig Mal geklingelt, und keiner hat mehr damit gerechnet, dass dieses Klingeln noch jemals aufhört, für uns hat es kein Danach mehr gegeben, alle Zeit der Welt ist auf das Telefonklingeln zusammengeschrumpft gewesen, keiner von uns hat daran gedacht, dass es in einer Viertelstunde zehn Uhr wäre, weil es überhaupt nicht zehn Uhr werden konnte, es hat die Zeit in einer Viertelstunde nicht mehr gegeben, sondern nur dieses Klingeln, nach dem nichts mehr kommen würde, so viel war klar. Meine Mutter ist bis an die Wohnzimmertür gegangen mit diesem schwankenden, kippligen Gang, sie ist aber nicht hineingegangen, in der Tür ist sie stehengeblieben und hat sich am Türrahmen festgehalten, das Telefon hat ihr aber den Gefallen nicht getan, mit dem Klingeln jetzt endlich aufzuhören, sie hat es einsehen müssen, aber ist nicht weiter gegangen ins Zimmer hinein, wo das Telefon stand, sondern hat vor der Tür ins Zimmer hineingeschaut, wir haben nicht sehen können, was meine Mutter gesehen hat oder ob sie die Augen geschlossen hatte, wir haben nur ihren Rücken gesehen im Türrahmen, an dem sie sich eine Weile festgehalten hat, diese Weile ist sicher nur eine Sekunde gewesen, aber doch auch eine lange Weile, ich habe gar nichts gefühlt außer der Zeit, die aufgehört hatte, vor uns zu liegen, sondern in dieses Telefonklingeln geschrumpft war. Meine Mutter hat sich dann umgedreht und uns angeschaut, nicht wie vorher mit aufgerissenen Augen,

5 sondern wieder ruhig und nachdenklich, und dann hat sie sehr vernehmlich gesagt, aber andererseits, und ist umgekehrt, das Telefon hat weitergeklingelt, meine Mutter ist wieder zurückgekommen, ziemlich gerade ist sie mit einmal gegangen und hat nur noch wenig geschwankt; als sie beim Tisch angekommen war, hat

10 sie laut und entschlossen noch einmal gesagt, andrerseits, und voll Abscheu die Muscheln in ihrer Schüssel betrachtet, dann hat sie die Schüssel genommen, die den ganzen Abend mitsamt diesen ekligen Muscheln vor uns gestanden hatte, mit den Muscheln ist sie hinaus in die Küche gegangen, und wir haben nur noch

15 gehört, wie die Schalen geklappert haben, das Telefon haben wir gar nicht gehört, nur noch, wie die Schalen geklappert haben, als meine Mutter die Muscheln in den Müll geworfen hat, dann ist sie wieder hereingekommen und hat zu meinem Bruder gesagt, würdest du bitte den Müll runtertragen?

Lesarten des Textes

Die Erzählung „Das Muschelessen" lässt aufgrund ihrer Mehrschichtigkeit verschiedene Lese- und Deutungsweisen zu. Alle Lesarten aber bündeln sich im Zentrum des Textes: Die Familie bzw. deren Zerfall.

Die folgende Skizze macht einige Vorschläge für verschiedene Leseweisen des Textes; ergänzen Sie die Liste der vorgeschlagenen Leseweisen und begründen Sie Ihren Ansatz mit Belegen aus dem Text.

Vergleichen Sie Ihre ersten spontanen Leseeindrücke mit denen Ihrer Mitschülerinnen und Mitschüler und halten Sie in einem Textnotat etwaige Unstimmigkeiten fest.

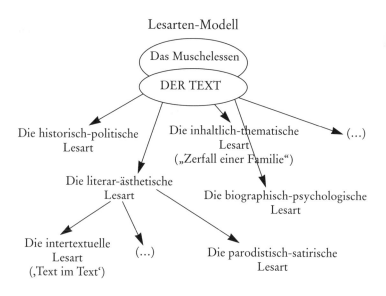

Lesarten-Modell

Die inhaltlich-thematische Lesart

Bereits die erste, spontane Leseweise setzt bei der familiären Thematik, der schrittweisen Auflösung und Vernichtung der autoritären Familienstruktur, insbesondere der Demontage der Vaterfigur ein. „Der Vater wird (nicht nur) besichtigt", sondern in seiner gesamten Verfassung bloßgestellt und im Grunde als überflüssig entlarvt. Dennoch macht sich diese erste Lesart nicht nur an der Figur des Vaters fest, sondern erfasst auch bereits die Beschädigungen, das „Leidpotential", das die einzelnen Familienmitglieder mit sich herumschleppen und vergeblich loszuwerden hoffen: Die nicht gelebte Existenz der Mutter, ihre Instrumentalisierung, ihr Leben aus zweiter Hand, die massiven bis ins Körperliche reichenden Verletzungen der Tochter („Affe") und der nicht den väterlichen Vorstellungen entsprechende Sohn und Bruder. Im Fortgang der Erzählung werden diese Themen und Motive in unterschiedlicher Weise und erzählerischer Verdichtung gestaltet; sie können für diese erste Leseweise und diesen ersten Zugang exemplarisch stehen; eine genauere textanalytische Untersuchung eröffnet dann den Spielraum für weitere Lesarten des Textes.

Die familiäre Machtstruktur

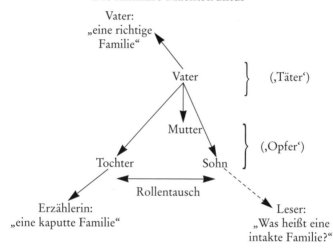

Vater:
„eine richtige Familie"

Vater } („Täter')

Mutter } („Opfer')

Tochter   Sohn

Rollentausch

Erzählerin:
„eine kaputte Familie"

Leser:
„Was heißt eine
intakte Familie?"

Die historisch-politische Lesart

Die politischen und gesellschaftspolitischen Bezüge und Anspielungen in der Erzählung können sowohl allgemein auf ein autoritäres (patriarchalisches) Familienmodell als Ur- und Keimzelle des Staates übertragen werden, andererseits sind sie historisch konkret auf die ehemalige DDR bezogen: Die Herkunftsgeschichte der Eltern, insbesondere die Nachwirkungen der autoritären Erziehung auf den Vater, und die beiden Großmütter, so unterschiedlich sie auch gezeichnet sind, gehören in diesen Zusammenhang.

Beziehen Sie in Ihre Bearbeitung auch die relevanten biografischen Details mit ein (1961/1989 vg. S. 101).

Suchen Sie im Text direkte Aussagen und Hinweise auf das Regime der DDR bzw. den Veränderungen und Schwierigkeiten, die aus dieser Herkunft für die Familie resultieren. Beispiel: Die Mutter hatte ihre Lehrerprüfung im Westen wiederholen müssen.

Übertragen Sie in einem zweiten Ansatz die Auflehnungsversuche und einsetzenden „Verwilderungen" der Familie auf die Zeit unmittelbar vor der Wende; setzen Sie die Rolle des Vaters mit der Erich Honeckers in der DDR in Beziehung. Bedenken Sie, dass es einem solchen Verfahren der Übertragung keine völlige Übereinstimmung geben kann.

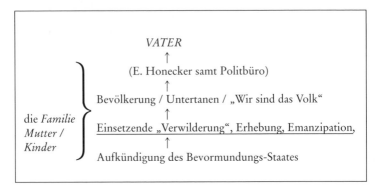

Werten Sie im Zusammenhang der „politischen Lesart" den folgenden Satz aus dem Text aus: „Nach unserer Flucht in den Westen (war) ein neues Geschichtsbild fällig."
Illustrieren Sie diesen Satz anhand von historischen Fakten; Material: Informationen zur politischen Bildung Nr. 231 u. 193
Dietrich Staritz, Geschichte der DDR 1949–1985 (es 1260) Frankfurt a. M. 1985

Dass das politische Thema auch der Komik und Parodie ausgeliefert wird, kann anhand des Motivs der *Briefmarkensammlung* verdeutlicht werden: *(E)s hat ihn gekränkt, dass wir ihm diesen Traum sabotiert haben durch unsere Dämlichkeit, dass wir so gar keine Gründlichkeit und Geduld haben aufbringen können für seinen gesamtdeutschen Vollständigkeitstraum.*

Die literarisch-ästhetische Lesart

Personenkonstellation

Die Personenkonstellation sollte – als Modell oder Skizze – nicht nur die Zusammengehörigkeit in der Familie und die Beziehungen mitsamt den sich andeutenden Ablösungen und den in der nachtragenden, nachholenden Erzählweise sichtbar werdenden Konflikten und „Rissen" in der Familie, sondern auch die festen und festgelegten („fremdbestimmten") Rollen und Rollenklischees von „männlich"–„weiblich", „eine richtige – eine falsche Familie", „Vaterrolle", „Mutterbild" mitzuerfassen suchen. Hier könnten auch Aspekte einer „feministischen Lesart" – der Auflösung starrer Geschlechterrollen – mit einfließen.

Aufgrund dieser Mehrdimensionalität der Verflechtungen und Bezüge ergeben sich auch verschiedenartig zentrierte und strukturierte Skizzen und Modelle.

„Befragung" der Mutter

1 Gegenwärtige Befindlichkeit („Stimmungslage");
2 Wünsche, Wunschvorstellungen, Zukunftserwartungen;
3 ökonomischer Stand (innerhalb/der Familie);
4 Partnerschaft, Ehe, Triebstruktur;
5 Verhältnis zu den Kindern; Mädchen – Junge;
6 Vergangenheit – Entwicklungsgang – „Geschichte", verarbeitet – noch nicht verarbeitet;
7 Beziehung zu den eigenen Eltern und Schwiegereltern bzw. den „beiden Großmüttern";
8 Verhältnis Beruf – Familie, Außenwelt – Innenwelt der Familie;
9 (unterdrückte/mit geschleppte/gegenwärtige) Leitbilder;
10 (begründete/belegte/eingebildete) Ängste, Sorgen;
11 Selbsteinschätzung – Ich-Kompetenz;
12 Stellung zu Alter(n) und Sterben (Tod).

Eine solche Personenbefragung kann auch nach dem Muster der bekannten Fragebögen angelegt sein: „Was würden Sie ... ist Ihr größter ...?" Innerhalb des Erzählfortgangs nimmt die Mutter eine immer bedeutsamere Rolle ein; eine Annäherung an diese Figur könnte in der Art einer „Befragung" geschehen; Sie können aber auch andere Wege der Charakterisierung („Personenporträt") wählen, z. B. auch bildnerische Umsetzungen.

Die Verdeutlichung der „Tiefenstruktur" – der Ambivalenz und Brüchigkeit des Familienmodells – in einer Skizze oder bildlichen Umsetzung – stößt an ihre Grenzen; „die beiden bildnerischen Entwürfe" wollen die Personenmerkmale, die zugewiesenen wie die fehlenden, unterdrückten, anschaulich machen.

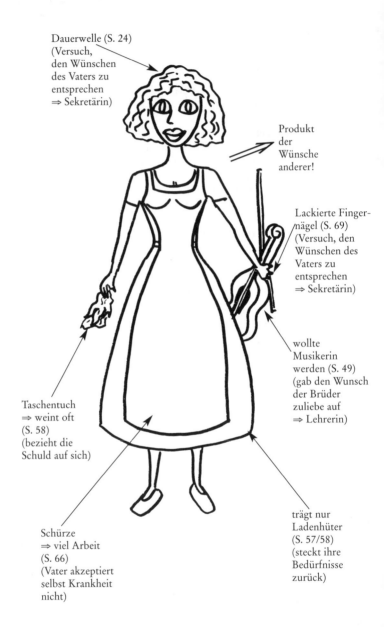

Dauerwelle (S. 24)
(Versuch, den Wünschen des Vaters zu entsprechen ⇒ Sekretärin)

Produkt der Wünsche anderer!

Lackierte Fingernägel (S. 69) (Versuch, den Wünschen des Vaters zu entsprechen ⇒ Sekretärin)

wollte Musikerin werden (S. 49) (gab den Wunsch der Brüder zuliebe auf ⇒ Lehrerin)

Taschentuch ⇒ weint oft (S. 58) (bezieht die Schuld auf sich)

Schürze ⇒ viel Arbeit (S. 66) (Vater akzeptiert selbst Krankheit nicht)

trägt nur Ladenhüter (S. 57/58) (steckt ihre Bedürfnisse zurück)

*Ergänzen Sie diese Skizzen, indem Sie weitere Figuren aufnehmen, z. B.
die beiden (recht „typisch" vorgeführten) konträren Großmütter.
Im Zusammenhang mit der Personenkonstellation ergeben sich auch*

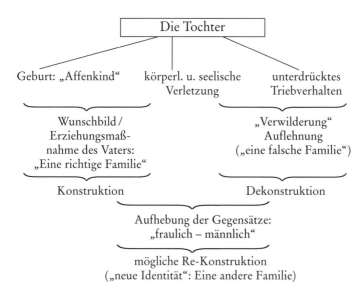

Die Tochter

Geburt: „Affenkind"   körperl. u. seelische   unterdrücktes
                              Verletzung   Triebverhalten

Wunschbild /   „Verwilderung"
Erziehungsmaß-   Auflehnung
nahme des Vaters: („eine falsche Familie")
„Eine richtige Familie"

Konstruktion   Dekonstruktion

Aufhebung der Gegensätze:
„fraulich – männlich"

mögliche Re-Konstruktion
(„neue Identität": Eine andere Familie)

bestimmte, die Dimension des Textverstehens erweiternde produktions-
orientierte Aufgaben:

Wir schreiben Rollenbiographien: „Ein Tag im Leben der/des ..."

Tagesablauf/feste Daten	*Erfahrungen*	*Gedanken*
Zeitleiste	*Begegnungen*	*Wünsche*
...	*Konflikte*	*Assoziationen*
	...	*Zukunftserwartungen*

Als Schreibformen bieten sich an „die erlebte Rede" (3. Pers. Sing. Prä-
teritum) und vor allem der innere Monolog (1. Pers. Sing. Präsens).

In einem produktiven Sinne kann auch die Erörterung *eingesetzt wer-*
den: „Verwilderung als Gefahr und als Chance".

Umschreiben und Verändern der Rollenbilder, auch des Vaters.

Im Text selbst gibt es eine Reihe von „Momentaufnahmen", stehenden
Bildern und „Standbildern", z. B. der Mutter („in der Tür ist sie stehen-
geblieben und hat sich am Türrahmen festgehalten").
Suchen Sie weitere für eine pantomimische Umsetzung geeignete Szenen
und „Standbilder" (besonders häufig gegen Ende) und setzen Sie sie spie-
lerisch-szenisch-pantomimisch um.

Wählen Sie eine Szene, Passage aus und bestimmen Sie die Erzählper-
spektive und den jeweiligen Grad an erzählerischer Ironie, an Selbstmit-
leid und gewollt-ungewollter Komik.
Arbeiten Sie einzelne Momente und Grade der Selbstinszenierung der
Figuren heraus.

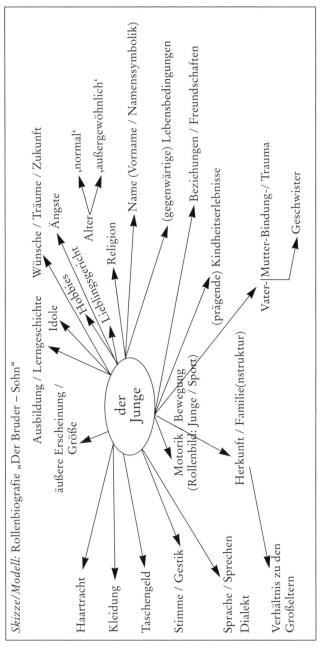

Skizze/Modell: Rollenbiografie „Der Bruder – Sohn"

der Junge

äußere Erscheinung / Größe

Ausbildung / Lerngeschichte

Idole

Hobbies

Lieblingsgericht

Religion

Wünsche / Träume / Zukunft

Ängste

Alter

‚normal'

‚außergewöhnlich'

Name (Vorname / Namenssymbolik)

(gegenwärtige) Lebensbedingungen

Beziehungen / Freundschaften

(prägende) Kindheitserlebnisse

Vater-|Mutter-Bindung-/ Trauma

Geschwister

Herkunft / Familie(nstruktur)

Motorik Bewegung
(Rollenbild: Junge / Sport)

Haartracht

Kleidung

Taschengeld

Stimme / Gestik

Sprache / Sprechen
Dialekt

Verhältnis zu den
Großeltern

Verwenden Sie sowohl die „Daten", die der Text hergibt, wie Ihre kreativen Vorstellungen (Bilder im Kopf) von der betreffenden Figur.

Decken Sie an einzelnen Stellen Ambivalenzen oder sogar Widersprüche und Mehrdeutigkeiten auf („zwischen den Zeilen lesen – wo wird etwas verborgen, nicht ausgesprochen?").
Rollenspiel: Lassen Sie den abwesenden Vater auftreten und in die Diskussion eintreten. Dabei ist es möglich die im Text rekonstruierte „negative" Vaterfigur aufzunehmen oder aber einen anderen („geläuterten") Vater zu erstellen.
Produktive Schreibaufgabe:
Schreiben Sie den Erzähltext aus der indirekten und der erlebten Redeform um in einen Dialog (direkte Rede).

Erzählerische Motive und Symbole

Die den Text strukturierenden Leitmotive, die sich um das zentrale Titelmotiv und Symbol der Muscheln und des Muschelessens in unterschiedlicher Nähe und Dichte lagern, können aufgrund ihrer erzählerischen Dimension auch als „Texte im Text" („Intertextualitäten") bezeichnet werden.

Motiv- und Symbolfelder: Die Muscheln und das Muschelessen
Erstellen Sie eine Skala oder ein Textprofil, das die verschiedenen Bedeutungen und Textfunktionen dieses titelgebenden Motivs anschaulich werden lässt. Verfolgen Sie dazu die einzelnen Stationen des Muschelkochens (Vorbereitung, Putzen, Zubereitung) bis zum Wegschütten und markieren Sie den jeweiligen „Entwicklungsstand" der „Verwilderung". Bringen Sie in Ihre Bearbeitung auch die personenbezogene Bedeutung der Muscheln/des Muschelessens mit ein.
Einen eigenen „Text im Text" stellt das „Musik-Thema" innerhalb der Erzählung dar. Erläutern Sie anhand der verschiedenen Komponisten und Musikstücke die familiäre Situation – den Machtkampf und die vom Vater ausgeübte Zensur und Tyrannei. Beachten Sie auch hier wieder die personenbezogene Komponente: Die Geige und das Geigenspiel der Mutter, das Klavierspielen der Tochter.
Gestalten Sie szenisch (Textinszenierung) einen Konzertbesuch (Textsatire: Kragenknopf des Jungen! Parodie auf „Katz und Maus" von Günter Grass). Weisen Sie anhand der Bearbeitung auch nach, dass die Musik-Fachkenntnisse der Tochter (und Mutter) relativ hoch und „professionell" sind; wie erklären Sie sich diesen Widerspruch zur „naiven" Erzählperspektive der erzählenden Tochter (ähnlich ist es beim literarischen Diskurs – s. u. –)?
Die literarischen Anspielungen und „Intertexte" sind ein weiterer Beweis für die „Vernetzung" des Erzähltextes, seiner „brüchigen" Struktur. Es sind vier „literarische Diskurse", die einbezogen werden: Einmal Theodor Storms Märchenerzählung „Pole Poppenspäler", dann Theodor Fontanes berühmter Roman „Effi Briest", im Augenblick der „dramaturgischen Zuspitzung" die Berufung auf die „Medea" des griechi-

schen Dramatikers *Euripides* und – am weitesten ausgebaut im Zusammenhang mit dem *Sonderling-Motiv* (vgl. das „Affenkind") – Christian Buddenbrooks aus Thomas Manns berühmtem Roman „Die Buddenbrooks".

Bearbeiten Sie die erzählerische Funktion dieser literarischen „Intertexte" wiederum aus den beiden Perspektiven: Einmal der text- und situationsbezogenen erzählerischen Bedeutung, zum anderen der personenbezogenen (am deutlichsten im Falle der Tochter).

Erzählweise: Wort, Satz, Text

Eine andere Möglichkeit innerhalb des *textgenauen Lesens* der Mehrschichtigkeit des Textes auf die Spur zu kommen, besteht im sog. „Spurenlesen" einzelner Leitbegriffe/Leitwörter und in der Aufdeckung der mehrfachen bzw. doppelten Bedeutung bestimmter Nomen.

Ergänzen Sie die folgenden Leitwörter und zeigen Sie auf, dass sich die Entwicklung des „Familien-Dramas" wie an einer Spur nachverfolgen lässt:
Zeichen – ungutes Omen – Ungeheuerlichkeit – Aufsässigkeit – Verschwörung – Verwilderung...
Sie können auch verbale Umschreibungen wie „kein Verständnis mehr haben" einbeziehen.
Die doppelte bzw. mehrfache Bedeutung – wörtlich/figürlich-metaphorisch lässt sich z. B. an dem Nomen „Spätlese" zeigen: Einmal meint es die Qualitätsstufe des Weins („Spätlese"), zum andern bezeichnet es, im Augenblick, da die Mutter zu dieser „Sabotage" entschlossen ist, die endliche („späte") Auflehnung, Abrechnung („Lese" = Ernte).

Finden Sie weitere Beispiele und erörtern Sie deren Funktion (Verdis Gefangenenchor aus dem „Nabucco": „Unter diesem Gefangenenchor hat meine Mutter viele Jahre gelitten.").
Es gehört zur stilistischen Variation des Textes der Erzählung, dass bestimmte „Wort- und Sprachspiele" „an unpassender Stelle" einmontiert werden; das lässt sich sowohl von der bewusst eingesetzten naiven Erzählperspektive her erklären, es hängt aber auch mit der Sprachbewegung des Textes selbst zusammen („Fließtext", „automatisches Schreiben").

Ergänzen Sie die Liste (nur exemplarisch):

Eine Eins war eine notwendige Bedingung, um meinem Vater die Stimmung nicht zu verderben, aber doch keine hinreichende ... und so ist die notwendige Bedingung auch immer zugleich die in keinem Fall hinreichende gewesen ... alle notwendigen Bedingungen haben zum Wesen gehabt, dass sie nicht hinreichend waren.
Erläutern Sie auch, welche Bedeutung und Funktion hier die Durchbre-

chung der (scheinbar) naiven Erzählperspektive hat („ Was und wer wird hier parodiert?").

Die ästhetische Lesespur lässt sich auch anhand des Stilprinzips der „rhetorischen Überstrukturiertheit der Textrede" verfolgen. Als Beispiel der Ansammlung verschiedener rhetorisch-stilistischer Figuren kann der folgende Satz gelten:

Und nur jetzt haben wir, weil es ja spät und später wurde und wir die Spätlese leer getrunken hatten, alle Angst und Ängstlichkeit abgelegt gehabt ..., nur eine Restängstlichkeit hat uns daran gehindert, auf die Uhr zu schauen.

Geben Sie weitere signifikante Beispiele für die rhetorische Überstrukturiertheit des Textes und erörtern Sie Wirkung und Funktion dieses Stilprinzips.

Arbeiten Sie an dem folgenden Textauszug die erzählerischen Motive und Symbole (Dingsymbole) heraus und bestimmen Sie ihren Bedeutungsgehalt für die Personen und die Funktion im Text und Kontext der Erzählung.

Beziehen Sie auch hier wieder die Rollenzuweisungen innerhalb der Familie mit ein.

Die Muscheln haben ganz still in der Schüssel gelegen und waren tot, und da hat meine Mutter plötzlich Angst bekommen, dass wir zu aufsässig wären, und hat gejammert, dass sie sich solche Mühe gegeben hätte mit unsrer Erziehung, aber wir haben schon gewusst, dass sie sich bloß nicht getraut hat, gegen den Vater etwas zu sagen, der jetzt bestimmt schon befördert wäre; sie hat einen Heidenrespekt vor dem Vater gehabt, weil er Naturwissenschaftler gewesen ist, was mehr wert als Schöngeist war, es hat damals noch als abgemacht gegolten, dass ich auch zur Naturwissenschaft neigen würde, weil die Musik und die Literatur, überhaupt die gesamte Kultur, nur ein Feierabendgeschäft wären und die Welt sich nicht weiterentwickeln könnte, wenn nicht Naturwissenschaftler und Techniker sie ergründen und tat- und entscheidungskräftig beeinflussen würden, wogegen das Musische, hat mein Vater gesagt, reiner Überfluss wäre und keinen Motor zum Laufen bringt, das hat er deshalb gesagt, weil meine Mutter seit der Flucht ihre Geige im Schlafzimmerschrank stehen hatte, und nur manchmal hat sie, wenn sie traurig gewesen ist, am Klavier gesessen und Schubertlieder gespielt und gesungen, die ganze Winterreise vor und zurück, dabei hat sie geweint, und es hat wirklich schaurig geklungen, obwohl meine Mutter einmal eine schöne Stimme gehabt haben muss, und Geige haben wir sie nur einmal spielen hören, da hat sie auch sehr geweint, und wir haben uns auf die Lippen gebissen, um nicht zu lachen, weil es grässlich geklungen hat und nach Katzenmusik, sie hat geschluchzt dabei und gesagt, dass die Geige so kratzt, ist kein Wunder, im kalten Schlafzimmerschrank, da gehört sie ja auch nicht hin, und wenn man jahrelang nicht gespielt hat; und da hat sie uns dann doch leid getan. (S. 18)

Die produktionsorientierte Lesart

Schüler schreiben den Text weiter

Der Text der Erzählung fordert aufgrund seiner Struktur und Erzählweise geradezu dazu auf, spielerisch und schreibend mit ihm umzugehen, sei es indem in den Text eingegriffen wird, sei es dass der Text und sein relativ offenes Ende weiter- und fortgeschrieben werden.

Suchen Sie im Text geeignete Stellen zur Ausarbeitung („Leerstellen") oder Stellen, an denen der Text auch ganz anders hätte verlaufen können, und schreiben Sie einen alternativen Verlauf. Ebenso bietet es sich an, die Erzählung passagenweise aus anderer Perspektive zu erzählen (z. B. der Mutter, des Vaters!). Der spannenden Frage, ob es sich beim Protest und der Auflehnung der Familie und insbesondere der Mutter nur um einen spontanen und momentanen oder einen endgültigen Prozess handelt, können Sie schreibend nachgehen, indem Sie den Text verlängern, zu einem Ende führen.

Interessant ist natürlich auch die Frage, wie ergeht es den Personen danach und zukünftig; um das zu eruieren, sollten Sie eine Befragung, ein Interview durchführen („Wie stellst du dir ... stellen Sie sich ihr ‚neues' Leben vor?").

Vergleichen Sie die folgenden Schülerarbeiten darauf hin, welche Elemente der Komposition weitergeschrieben sind und zu welchem Ende die Erzählung geführt wird. Beachten Sie dabei auch, wieviel Spielraum der etwaigen Entwicklung der Figuren zuerkannt wird – oder ob sich die Verfasserin/der Verfasser nicht/zu wenig aus dem Erzählmuster des Textes befreit hat.

Eine umfänglichere Aufgabe lässt sich in einzelnen Ansätzen in den Schülertexten auch erahnen.

Vorschlag für umfangreichere Ausarbeitungen:

Textvergleich mit Franz Kafkas „Brief an den Vater" („Verteidigungsrede des Vaters") und/oder Christine Brückners „Wenn du geredet hättest, Desdemona").

1

„Und dann ist meine Mutter aufgestanden. Ich habe gedacht, sie kippt um, sie ist schwankend in Richtung zum Telefon ein paar Schritte gegangen ... "

Sie hat noch gezögert, ist dann aber doch weiter geschwankt, als sie den Hörer anfasste, hatte es bestimmt schon zum dreißigsten Male geklingelt, sie hob ihn an, wollte ihn wieder zurücklegen, nahm ihn doch schließlich ans Ohr, dies war ein Moment, in dem man fühlen, fühlen und spüren konnte, dass es Vater war, ich wusste es einfach, seine Aura verteilte sich im Raum, er war wieder da, doch diesmal war es irgendwie anders. Ich sah meine Mutter, sah ihren Blick, welcher auf das Fenster gerichtet war, sie überlegte, ob man überlebt, wenn man hinausspringt und ob man sich Knochen bricht, wenn man vom Balkon springt, doch dann ist sie ganz einfach umgekippt. Mein Bruder und ich haben uns angeschaut, eine ganze Weile, dann bin ich aufgestanden und vorsichtig zum Telefon gegangen, wo der Hörer jetzt am Boden lag, ich habe ihn dann aufgehoben, mein Vater war gerade mitten im Beschimpfen, warum es solange gedauert hat und warum die Mutter ihn nicht abholen kam, denn das hatte er ihr doch per Brief geschickt, und auf die deutsche Post sei ja schließlich Verlass, und dass sie ja total unzuverlässig wäre und es wäre typisch für sie, ich versuchte ihn zu unterbrechen, doch er ließ es nicht zu, er hörte es nicht, ich sagte nur Auf Wiedersehen, Papa, und hoffentlich kommst du nicht auf Mamas Beerdigung. Ich wunderte mich, warum hatte ich das gerade gesagt? Ich wollte noch verzweifelt rufen, dass ich es nicht gesagt hätte, doch ich merkte, wie befreiend es war, er konnte mich nicht durchs Telefon schlagen, also fuhr ich fort und beschimpfte ihn aus Herzenslust und als letztes sagte ich, du bist Geschichte in unserem Leben, dann legte ich auf. Nun sah ich meine Mutter, wie sie da lag, ihr ganzes Leben, das hatte sie nicht verdient, diese Schmach. Aber nun war sie den Tyrann los, hoffentlich für immer.

(Nina K., GK 11, 2000)

2

Sie hat gerade aufstehen wollen, als wir ein Auto vor der Tür gehört haben, und weil wir das Auto vor der Tür gehört haben, haben mein Bruder und ich uns starr vor Schreck angesehen und der Schreck ist uns in die Glieder gefahren, sodass wir nur steif dagesessen und uns nicht bewegt haben, nur Muter ist langsam, wieder schwankend in die Küche gegangen, wo die Muscheln noch im Müll gelegen haben, und hat dabei geschwankt, als die Tür aufgegangen und Vater hereingekommen ist, und ich habe gedacht, oh Gott, jetzt ist alles aus, und Vater hat gesagt, er entschuldige sich, weil er zu spät ist, weil er noch die Sekretärin nach Hause habe fahren müssen, weil ihr Auto nämlich nicht angesprungen sei und weil sie weit außerhalb wohne, und deshalb habe er sie als zuvorkommender Herr ja nach Hause fahren müssen. Sie habe ihn noch reingebeten und etwas mit ihm gegessen, denn er habe ja Hunger gehabt und er habe ja noch angerufen, aber es habe ja niemand abgehoben und also sei er zu spät, auch wenn es schade um die Muscheln sei, aber er habe sich noch etwas Platz gelassen und freue sich nun auf die Muscheln, und als er in die Küche gegangen ist, weil er sich gewundert hat, warum Mutter nicht geantwortet hat, während mein Bruder und ich uns noch immer wie gebannt angestarrt haben, was mein Vater noch gar nicht bemerkt hatte, und deshalb haben wir uns auch nicht getraut uns zu bewegen, und Vater ist in die Küche gegangen und die Küche war leer, nur das Fenster war weit geöffnet.

(Simon H., GK 11, 2000)

83

3

Und weil meine Mutter zu meinem Bruder gesagt hatte, dass er bitte den Müll runtertragen solle, hat mein Bruder den Mülleimer genommen und ihn in langsamen Schritten die Treppe nach unten getragen. Ich hoffte, dass die Muscheln ihn nicht auffressen würden auf dem langen Weg ganz nach unten, wo die Mülltonnen standen, wo mein Bruder den Müll mit den Muscheln hintragen sollte; ich lief ihm nach, um auf meinen Bruder aufzupassen auf dem langen Weg bis zu den Mülltonnen. Doch wir sollten nie an den Mülltonnen ankommen, an unser Ziel, das so wichtig für uns war; der Weg wurde uns von einem riesigen wankenden Ungeheuer versperrt; wir wussten genau, dass dies unser Ende sein würde und wir versuchten uns auch nicht zu widersetzen, wir ließen uns in unser Schicksal hineintreiben, ohne etwas dagegen zu unternehmen; wir hätten auch nicht gewusst, was wir hätten machen können, und so ließen wir es über uns ergehen. Das Ungetüm packte uns und nahm uns unter seine Arme, um uns den ganzen langen Weg nach oben zurückzutragen, ganz hinauf bis in unsere Wohnung, in der unsere Mutter mit ihrem fein geschminkten Gesicht auf uns wartete und uns freundlich begrüßte; auf dem Esstisch standen die Muscheln in einer Pracht, wie ich sie vorher noch nie gesehen hatte, aber unsere Mutter hat ja auch den ganzen Tag für diese eine Schüssel Muscheln geschuftet. Der Mann warf uns auf unsere Stühle, auf denen wir krachend landeten, dann riss er die Muscheln an sich und stopfte sie mitsamt der Schüssel in seinen tiefen Rachen; jetzt wussten wir, dass unsere letzte Stunde geschlagen hat, und wir versuchten wegzurennen, doch da hatte mich schon das Biest gepackt und schüttelte mich und schüttelte mich und ich wachte auf und hoffte, dass dieser Tag nie kommen wird.

(Stephen W., GK 11, 2000)

4

Als mein Bruder wieder da war, saßen wir alle wieder am Tisch – außer den Muscheln und meinem Vater – saßen wir da und warteten, keiner wusste, worauf wir eigentlich warteten und wie lange wir noch dasitzen würden, wir blieben einfach sitzen, weil keiner wusste, was man jetzt tun könnte, denn es war ja kein normaler Abend, weil wir ja nicht die Tagesschau gesehen hatten, weil mein Vater nicht da war und die Muscheln im Müll waren und keiner hat etwas gesagt, wir saßen einfach nur schweigend am Tisch. Manchmal schaute ich unauffällig auf die Uhr, aber ich traute mich nicht Mutter zu fragen, was wir denn jetzt machen werden, noch weniger traute ich mich einfach aufzustehen und wegzugehen, also blieb ich einfach sitzen, ohne etwas zu sagen, genau wie mein Bruder, dem es anscheinend auch etwas unbehaglich zu Mute war, denn er wurde immer unruhiger, weil er nämlich nicht lange ruhig sitzen kann, deshalb rutschte er also dauernd auf seinem Stuhl hin und her, bis wir plötzlich einen Schlüssel in der Tür hörten und meine Mutter sprang erschrocken auf und fuhr sich durch die Haare, mein Bruder rannte zur Tür und ich blieb sitzen und wartete gespannt darauf, was jetzt noch passieren würde, auf jeden Fall etwas Außergewöhnliches dachte ich, denn heute war ja nichts normal gewesen, und wenn mein Vater jetzt doch noch zurückkommt, während wir hofften, dass er nicht mehr kommen wird und uns schon an den Gedanken gewöhnt hatten, kann jetzt nur noch alles schief gehen.

Es war wirklich mein Vater, der hereinkam, er umarmte strahlend meine Mutter, die regungslos im Flur stand, begrüßte meinen Bruder und mich und entschuldigte sich, dass er zu spät zum Essen käme, aber er wäre ja sonst immer pünktlich und er hätte auch angerufen, aber es habe niemand abgehoben, und da habe er gedacht, dass wir bestimmt beim Muschelnkochen wären und da wollte er uns nicht weiter stören, denn er isst ja so gerne Muscheln und er hofft, dass wir ihm noch etwas aufgehoben haben, aber er ist sich ziemlich sicher, denn er hat die Muscheln schon vor der Tür gerochen und da sei ihm so richtig das Wasser im Mund zusammengelaufen, denn er habe ja so einen Hunger, weil er noch ein Gespräch mit seiner Sekretärin gehabt hätte, da sie beide morgen kurzfristig nach Frankreich fliegen werden, geschäftlich natürlich, und dass er deshalb ganz wenig Zeit hat, weil er ja noch seine Sachen packen muss und sie morgen ganz früh fliegen werden.

Dann fragte er meine Mutter, wie viel noch von den Muscheln übrig sei, und als meine Mutter sagte, dass nichts mehr übrig sei und dass wir nichts davon gegessen haben, sondern alles weggeschmissen hätten, starrte er sie fassungslos an, dann wurde er fuchsteufelswild, fuchtelte mit den Armen in der Gegend herum und schrie uns an, wie wir denn so etwas tun können, so gehe man doch nicht mit dem Essen um, schon gar nicht mit seinem Lieblingsessen, was wir uns denn dabei gedacht hätten, er könnte das nicht verstehen, so was würde doch kein normaler Mensch machen und dabei rannte er von einer Ecke in die andere und stürmte dann in sein Zimmer, packte schnell seine Sachen ein, ging zur Tür und war verschwunden. Er rief uns noch zu, dass er froh wäre, dass er bald ganz weg wäre und er käme nur dann wieder, wenn wir uns wie eine ganz normale Familie benehmen würden, und meine Mutter, die immer noch im Flur stand, sagte mit zitternder Stimme, dass wir einen Kompromiss machen werden, doch mein Vater war schon am Gehen und hörte ihr nicht mehr zu, er war schon draußen, als sie sagte, dass er nicht mehr zurückkommen soll und dass wir nur so eine ganz normale Familie sein würden.

Schon fiel die Tür ins Schloss.

(Daniela Z., GK 11, 2000)

Die Autorin variiert das Thema

Die Thematik „Essen, Mahl" und „familiäre Situation" hat Birgit Vanderbeke in zwei Erzählungen („Fehlende Teile"/„Gut genug") wieder aufgenommen, aber nurmehr als ein Seitenmotiv variiert.
Stellen Sie die Bezüge wie die Unterschiede zum Muschelessen heraus und erläutern Sie, inwiefern gerade das gemeinsame Kochen, Essen bzw. das Misslingen zu familiären und zwischenmenschlichen „Katastrophen" führen kann –, lassen Sie dabei aber den parodistischen und komischen Zuschnitt der Szenen nicht außer Acht.

Das Hummeressen

Es kommt vor, und immer häufiger kommt es vor, dass ich sage, tu's nicht, Lila, lass die Dummheiten doch einmal bleiben, wenn ich sehe, wie Lila die Schürze umbindet, den fertig gekauften Hummer zückt, als hätte sie ihn nicht nur selber gekocht, was sie nicht hat, sondern als Hummer gewissermaßen auch selber kreiert und geschaffen und großgezogen, wo nicht einmal Delikatessenläden Hummer zu schöpfen imstande sind, sie kochen sie bloß und verkaufen sie dann, und meistens sind sie zu lange gekocht, folglich trocken und folglich zäh, so auch dieser Hummer. Lila greift fix und fertig die Mayonnaise, als ob sie Eier, Senf, Essig und Öl zusammenzurühren imstande wäre, dann zieht sie ein Gesicht an, als ob sie eben doch nicht Eier, Senf, Essig und Öl zusammenzurühren imstande wäre, damit ihre Gäste staunen sollen, dass da Mayonnaise ist und zum Hummer serviert wird von einer als Lila verkleideten Küchenschürze, und dann sagen die Gäste ohh!, und Lila wird noch bewundert dafür, dass sie trotz des Gesichts vielleicht doch Eier, Senf, Essig und Öl zum Hummer zusammenzurühren imstande ist, womöglich den Hummer gar eigenhändig ins Wasser zu tun und die knapp zwölf Minuten zu warten, bis er gar ist und fertig (dann wäre er auch nicht trocken wie dieses fertig gekaufte Delikatessentier). Ich sage, schau dir das an: erst ist es der eigene Mann, der dir Mayonnaise nicht zutraut und sie statt dessen selber rührt, und jetzt auch noch deine Gäste, pass auf, meine Liebe, sage ich, irgendwann bist du so weit, und dann weißt du selbst nicht mehr, wie es geht: man muss wirklich nur Eier und Senf und Essig und Öl mit dem Rührgerät rühren, und das ergibt Mayonnaise. Lila ist taub für die Metamorphose von Eiern, Senf, Essig und Öl in der Mayonnaise, weil sie selbst gerade metamorph ist; ich finde den Auftritt mit Küchenschürze bedenklich, die Gäste spielen mit und sagen ohhh, weil ein Hummer viel Geld kostet, weil Mayonnaise gerührt worden ist, weil die Welt eine Küchenschürze bereit hält, an die sie sich heute hängen können, und weil sie sich freuen, dass ich sie einlade, obwohl sie die falschen Leute sind.

Wieso, sagt Lila, sind das die falschen Leute, sie hat Angst, ich könnte ihr ihren Auftritt verderben, ich sage, wer einer Küchenschürze zuprostet, die nicht einmal Mayonnaise gerührt hat, geschweige denn Hummer geschöpft und gekocht, das können nur falsche Leute sein, und es ist dann auch schon egal, ob diese falschen Leute allesamt auch noch falsche Vergangenheiten, die falschen Gesichter und falsche Hände und Zukünfte haben, das ist dann schon alles egal; im Augenblick glaube ich nicht, dass Leute, die einem überteuerten Hummer in Küchenschürze mit Mayonnaise schöntun und zuprosten, im Leben überhaupt irgendwas wesentlich Richtiges machen können, im Grunde denke ich, das schließt sich eigentlich aus. Lila zischt, pfui, wie bist du so puritanisch, spielverderberisch findet mich Lila, mir scheint, ihr ist es jetzt auch schon egal, wen sie einlädt, wem sie die Hand gibt, sie gibt jedem die Hand, ohne hinzuschauen, ob es vielleicht eine falsche Hand ist, die dauernd falsch klatscht, und ich bin froh, dass mein eigener Mann das sieht: Was für falsche Leute sich Lila zum Klatschen einlädt; wenigstens dafür hat er Gespür, denke ich, wenn er mir schon nicht zutraut, aus Eiern, Senf, Essig und Öl Mayonnaise zusammenzurühren.

Dann sitzen sie, und es gibt Hummer, über den gesprochen wird, manchmal wird über Vivaldi gesprochen nach dem Hummergespräch, das mit dem Hummer endet, man weiß nicht genau, warum Vivaldi, es muss in der Zeitung gestanden haben, und man hat sie gerade an diesem Tag nicht gelesen; es wird über den Wein gesprochen, während der Wein getrunken wird, sodann über Kriege und ihre Führbarkeit. Kriege überhaupt, von denen es welche gibt, mehr als uns recht ist, gibt es Kriege; während die Frage ihrer Führbarkeit längst nicht beantwortet scheint, finden sie einfach statt, obgleich die Frage ihrer Führbarkeit nicht gelöst und beantwortet ist; die Spielbarkeit von Vivaldi zuvor ist bejaht worden, es ist herausgekommen, dass Vivaldi nicht allein spielbar, sondern in seiner Spielbarkeit und Gespieltheit heutzutage ein Muss sein muss, während sich an der Frage der Führbarkeit von Kriegen die Gemüter erhitzen und sodann die Geister scheiden: die einen sagen, Kriege sind führbar, helas, sollen die Kriege geführt werden heute, wie sie immer geführt worden sind oder anders, immer sind schließlich Kriege geführt worden in der Welt, also sollen sie auch geführt werden nach der Natur oder anders, solange die Welt am Ende nicht doch noch untergeht, die anderen sagen, nein, keinesfalls sind sie führbar, Streit. Die einen sagen, sie wollen sich lieber nicht streiten, schon gar nicht über die Führbarkeit von Kriegen und Kriege überhaupt, zudem kein Thema zum Hummer, die anderen sagen, dass das wohl aber ja ein Thema sei, nicht nur Kriege, sondern das Streiten auch, das Streitenwollen und -können zwischen Menschen und Freunden, zwischen Geliebten auch, eine Streitkultur nämlich, die es im Augenblick zu entwickeln gilt, da es sie noch nicht gibt, nicht hier jedenfalls, während woanders gibt es sie nämlich, unumwunden muss zugegeben werden, dass es woanders zwar Kriege, aber doch auch eine Streitkultur gibt; soweit man sehen kann, gibt es hier hingegen vorerst lediglich Nussknacker für Hummerscheren und kleine Kuchengabeln, die wir der Einfachheit halber Hummergabeln jetzt nennen wollen; die Aschenbecher sind voll; plötzlich fallen Wörter wie Demokratie und zivil, die sofort Beklemmung und Schweigen auslösen, Ratlosigkeit, jemand sagt, er findet das alles obszön, Lila findet zuvorkommend, an so einem Hummer ist eigentlich nicht viel dran, jemand leert unauffällig die Aschenbecher; die Frage der Erbschaftssteuer erfordert weitere Getränke, der Sättigungswert von Hummern steht jetzt auch noch in Frage, doch das ist Lilas Problem, wir sind alle nicht hier, um satt zu werden, dennoch: haben unsere Mütter nach dem Krieg – wir alle bis heute demzufolge noch nicht recht hummerfähig, aus Anlass der Mütter und der besagten Epoche erneuter Streit über Kriege und ihre Führbarkeit, nunmehr ein nationales Problem, steigende Erbitterung besonders zwischen Paaren, die eine etwaige Führbarkeit oder Nichtführbarkeit von Kriegen entschlossen noch heute erproben müssen, probeweise erwähnt jemand ohne Erfolg Vivaldi, aber nun werden bereits Dinge gesagt, die schon immer einmal gesagt sein wollten, Lila sagt aufs zuvorkommendste mit Blick auf die Hummerteilleiche, die vor ihr tot auf dem Tisch herumsteht, und wie sie guckt, so komisch, dass nach ihrem Dafürhalten Hummer doch sehr überschätzt sind und werden, jemand leert still die Aschenbecher und gießt Wein in die Gläser nach, Frauen wollen jetzt aufbrechen und vor allem die Frage der Kriege nicht unter Alkohol weiter bearbeiten, sondern nachher zuhaus, wo die Kinder in Frieden schlafen, und die Kinderbetreuung will auch nach Haus, Vivaldi ist längst vergessen, Dinge sind gesagt worden, solche, die Anwesende betreffen, und solche, die Abwesende betreffen, das kann man beim Wein nicht so recht auseinanderhalten, die Männer wollen gesammelt noch nicht nach Hause, sondern noch weiter trinken, Dinge sind ausgesprochen und unwidersprochen und unwiderrufen geblieben, und nach und nach fällt den Freunden jetzt langsam ein, dass nach Abzug der Erbschaftssteuer gemeinschaftliche Raten für gemeinschaftliche Häuser und Wohnungen ausgemacht und vereinbart sind, Waffenstillstand, ob sie führbar sind oder nicht, diese Kriege.

Du, sagt Lila dann, wenn sie raus sind, ist das nicht wieder entsetzlich gewesen? Mir ist vollkommen schleierhaft, wie das nur immer passiert, wie die Leute nur dauernd hierher und gleich aneinandergeraten. Lass uns so schreckliche Leute nicht noch einmal einladen, nein?

Nächstes Mal also: essen wir diesen fertig gekauften gekochten Hummer lieber allein, anstatt uns den Abend mit Hummer, mit falschen Leuten und mit Gewalt zu verderben.

(Fehlende Teile, 1998, S. 71 ff.)

Würmer im Fisch

Wir hatten uns die Sache nicht so vorgestellt.

A. C. hat gesagt, immerhin scheinen sie Geld zu kennen, weil die Frau den Apfel bezahlt hatte, und ich habe gesagt, zu kennen und zu haben. Wie ist es, hast du Mut. Und dann haben wir all unseren Mut zusammengenommen und sind erst zu meiner Bank gegangen und dann zu A. C.s Bank. Die Kontomaschinen haben uns je einen Zettel ausgedruckt, auf dem stand, dass wir keine Geldvorräte hätten, und etwa das hatten wir uns gedacht, weil es uns gewundert hätte, dass wir Geld verdient haben sollten, während wir in der Unterwelt sind, wo wir schon im Leben nicht jemals geschickt darin waren. Wir standen etwas ratlos auf der Straße von A. C.s Bank. A. C. hat gesagt, er ist wirklich schwer geworden, weil Flo ihm im Arm eingeschlafen war. Im Schlaf hat er über A. C.s linke Schulter gehangen und sich ihm in den Hals gedrückt. Die Spucke lief ins Hemd.

Schließlich hatten wir aber noch irgendwelches Bargeld. Offenbar geben sie dir nicht nur Geld unter die Zunge, wenn du rüberfährst, sondern wenn sie dich rauslassen auch. Es hat in der Hosentasche gesteckt. Leider waren sie nicht sehr spendabel gewesen. Wir haben es eine gute Idee gefunden, das Fischfilet von Flos Geburt nachzuholen, auch kam uns vor, wir könnten ein bißchen Eiweiß nicht schlecht vertragen, weil wir sehr dünn geworden waren. Wir haben im Kaufhof den Fisch gekauft, aber es ist schließlich wieder danebengegangen, nur anders.

Während ich gekocht habe, hat A. C. mit Flo im Zimmer gesessen und darüber nachgedacht, ob er lieber einen Aufsatz schreiben will oder doch wieder Gangster fahren, es war eine dieser Grundlagenfragen, mit denen man sich manchmal herumschlägt: hundertdreißig für drei Wochen Arbeit, und die Zeitschrift zahlt erst in einem Jahr oder ist dann längst pleite gegangen, oder vierhundertsiebzig jetzt gleich, Geld spielt bei mir keine Rolle, Spesen und Unterkunft frei, und übermorgen ist es vorbei. Später Whisky an der Hotelbar. Ich habe in der Küche das Fischfilet gemacht und während des Kochens darüber nachgedacht, wie es gehen kann und was wir machen sollen. Manchmal ist Flo herübergekrochen gekommen und hat an meiner Hose gezogen. Dann ist der Fisch fertig, wir setzen uns in die Küche, ich nehme Flo auf den Schoß und fange mit dem Essen an. Es ist ungewohnt, Fisch mit dem Löffel zu essen. A. C. sagt, mit meinem Fisch stimmt was nicht. Ich sage, das kann nicht sein. Außer denken konnte ich damals noch kochen, und dieser Fisch war ohne ein Glanzbild gebraten. Ich sage, was soll mit dem Fisch sein. A. C. sagt, da bewegt sich was. Ich sage, dir ist eine Fliege in die Soße geflogen, aber A. C. sagt, es ist keine Fliege, es ist drinnen. Wie – drinnen. A. C. sagt, na drinnen, im Fisch drinnen; ich sage, jetzt hör aber endlich auf; meinerseits höre ich auf, Flo mit dem Fisch zu füttern. Ich habe nicht wirklich Lust, es mir anzusehen. Ich mag nicht hinsehen.

Aber man muss. Solange man kann, muss man ganz genau hinsehen. Flo schreit, aber ich gebe ihm keinen Fisch mehr, weil lauter Würmer aus dem Fisch rauskommen, lange weiße lebendige Würmer. A. C. sagt, wie können sie leben, wo der Fisch doch gebraten ist. Er war so gebraten, wie er gebraten sein sollte, nicht mehr roh, aber auch nicht trocken, und jedenfalls waren es etliche Würmer und haben die meisten gelebt. Manche auch nicht mehr. Ich sage, es hat mit der Temperatur zu tun, man brät ihn auf kleiner Flamme, damit er nicht auseinanderfällt. Lies Siebeck, sage ich, bei Siebeck steht, wie es geht. Flo brüllt, weil er Fisch will. Es ist noch Mohrrübenbrei auf dem Herd. Daneben ein Kanten Brot. Ich sage, wie kommen sie überhaupt da rein, und A. C. sagt, wahrscheinlich biochemisch. Eine Weile beobachten wir die Bewegungen auf unseren Tellern, Flo kaut auf dem Brotkanten, und als er auch entdeckt, dass sich etwas bewegt, wirft er den Brotkanten weg. Was sie entdecken, wollen sie gleich in den Mund stecken, aber ich lasse ihn nicht. Ich hebe den Brotkanten auf. Aber er schreit. Aber ich lasse ihn nicht an den Fisch. A. C. sagt, es würde mich interessieren, wie sie sie reinkriegen. Ich sage, andererseits auch nicht. Wo die Würmer aus dem Fisch rauskommen, sind schwarze Löcher zu sehen. Was essen wir heute.

Also sind wir auf der Welt gewesen. Nur wussten wir nicht, wie es geht. Die Katze hat unter dem Tisch gesessen und hätte den Fisch gern gehabt, aber wir haben ihn in den Müll getan. Kurz darauf haben wir ihn wieder rausgeholt, weil wir nicht unter einem Dach mit den biochemischen Würmern leben wollten. Wir haben Flo die Strickjacke angezogen und den Fisch zum Kaufhof zurückgetragen. Im Kaufhof haben wir einen Verkäufer gefragt, ob sie den Fisch zurückhaben wollten, aber natürlich wollten sie nicht. Ich würde auch keinen Fisch mit Würmern zurückhaben wollen. Es war aber egal, weil wir sowieso keinen neuen Fisch dafür eintauschen wollten. Unterwegs haben wir ihn weggeworfen. Nach ein paar Schritten sind wir umgekehrt und haben ihn aus dem Papierkorb wieder herausgeholt. Es hat zu der Zeit noch nicht so viele Müllfresser gegeben wie heute, aber doch immerhin schon sehr viele, und wir haben gesagt, es ist eine Unverschämtheit, biochemischen Fisch mit Würmern in den staatlichen Abfalleimer zu tun, und dann kommt ahnungslos so ein Müllfresser daher, stochert mit seinem Stock herum, findet das Päckchen und denkt, er ist im Schlaraffenland, weil der Fisch nach Siebeck schon fix und fertig gebraten ist, nicht mehr roh, aber auch nicht zu trocken, zwei komplette Portionen, und natürlich sieht er dann die Würmer, und entweder er isst den Fisch, und das ist keine angenehme Vorstellung. Das ist uns sogar durchaus eine unangenehme Vorstellung gewesen, die wir nicht sehr gut loswerden konnten, solange der Fisch im Abfall lag. Oder er isst ihn nicht, weil er auch keinen Fisch mit Würmern mag, und dann ist es eine Enttäuschung.

Wieso gucken Sie mich so an?

Natürlich ist die Enttäuschung größer, wenn du etwas gefunden hast, von dem du denkst, es ist gut und reichlich, als wenn du gar nichts findest oder nur restliche Hackfleischbrötchen mit etwas verschmiertem Ketchup daran.

Also haben wir das Päckchen wieder aus dem Abfall herausgenommen und nicht gewusst, wohin damit. Schließlich hat A. C. gesagt, wir könnten es doch vergraben. Es ist früh am Abend gewesen, wir sind nochmal in den Park gegangen und haben den Fisch vergraben. Flo hat geholfen, so gut er konnte. Zwischendurch hat er getrunken. Das hatte er heute schon mal gemacht, also würde er wahrscheinlich schwul werden. Ich habe gedacht, auch gut. Als die Polizisten kamen, haben wir den Fisch wieder ausgegraben. Ein Polizist war im Auto sitzengeblieben, während die anderen bei uns standen. Obwohl der Fisch dann doch kein Heroin war, haben wir ihn aus irgendeinem Grund trotzdem nicht wieder eingraben dürfen, also haben wir gewartet, bis die Polizisten verschwunden wären. Die Polizisten haben auch gewartet, weil sie wahrscheinlich gedacht haben, sobald sie verschwinden, graben wir ihn wieder ein. Das hat also eine Weile gedauert, Flo ist im Gras herumgekrochen, aber schließlich sind sie mitsamt ihrem Auto verschwunden und weggefahren, und wir haben den Fisch vergraben.

Wenn es dunkel wird, kommen im Park die Zwergkaninchen heraus, und wenn du großes Glück hast, siehst du eine Reihe Igel. Wir haben gesagt, pscht, Flo, da kommen Igel. Wir haben gesagt, schau Flo, das sind die Igel, und dann sind wir heimgegangen.

A. C. ist in seine Wohnung gegangen, um zu sehen, ob Post da ist. Wenn man so lange weg war, könnte es schließlich sein. Ich bin in meine Wohnung gegangen. Der Wäschekorb war zum Schlafen für Flo zu klein geworden, und ein Gitterbett schien nicht angeschafft worden zu sein. Dafür eine Waschmaschine. Also habe ich Flo trocken gemacht und in mein Bett gelegt. Mich daneben. Als er eingeschlafen war, bin ich leise aufgestanden und in die Küche gegangen, um die Katze zu füttern. Mir ist eingefallen, dass September ist und im September womöglich Studenten kommen, um ihre Arbeiten tippen zu lassen, weil ihre Ferien zu Ende gehen, und dann habe ich Joseph und seine Brüder weitergelesen und schließlich die Zeit abgeschafft. Wenn man es selbst macht, ist es großartig.

Am nächsten Tag hat meine Mutter angerufen und gesagt, dass ihr mir bloß keinen Kabeljau kauft. Ich habe gesagt, warum sollten wir dir Kabeljau kaufen. Wenn man erst seit gestern wieder zurück ist, muss man natürlich fragen, aber es hätte mich sehr gewundert. Wir haben niemals für meine Mutter etwas eingekauft, weil sie ihre Sachen mit dem Auto immer vom Markt geholt hat, meine Mutter hat alles immer genauso gemacht wie im Werbefernsehen, und Waschmittel aus dem Supermarkt, und also warum sollten wir. Ich habe gesagt, außerdem haben wir zufällig gestern gerade Kabeljau gehabt, und es waren schrecklich viele lebendige Würmer darin. Sie hat gesagt, das steht nämlich in der Zeitung. Man soll diesen Fisch nicht essen. Ich habe gesagt, man mag auch gar nicht, und du glaubst nicht, wir würden dir Kabeljau kaufen, wenn Würmer drin sind. Wie haben sie sie reingekriegt. Meine Mutter hat gesagt, das steht nicht so genau in der Zeitung. Wenn keine Würmer drin sind, sind die Eier von den Würmern drin, und sie sind auch nicht gesund, sie sind womöglich noch ungesünder, weil sie unsichtbar sind. Also soll man jeglichen Fisch lieber durchbraten vorsichtshalber. Ich habe gesagt, nicht dass ich die nächste Zeit große Lust auf Kabeljau hätte, aber ich glaube, ich kann es mir merken.

(Gut genug, 1999, S. 80 ff.)

Aufnahme und Wirkung

Die unmittelbar nach dem Erscheinen der Erzählung erschienenen Rezensionen und Kritiken zeigen einmal, welche Beachtung die Trägerin des Ingeborg-Bachmann-Preises gefunden hat, sie lassen – von einem Beispiel abgesehen – aber auch erkennen, wie stark der Literaturbetrieb aufeinander bezogen ist. Für die Wirkung und den Erfolg des Buches, spricht auch, dass die Erzählung in drei verschiedenen Auflagen am Buchmarkt existiert: In der Erstausgabe im Rotbuch-Verlag, im Fischer-Taschenbuch und im Taschenbuch als Großdruck.

Werten Sie die Rezensionen vergleichend unter den folgenden Gesichtspunkten aus:
Welche Lesart der Erzählung liegt vor, was gilt als der Dreh- und Angelpunkt des Textes?
In welchen größeren Zusammenhang (Autorin, Gegenwartsliteratur, Familien- und Sozialisations-Thematik) wird die Erzählung gestellt?
Welche ästhetisch-literarischen Wertungen werden ausgesprochen?
Lässt sich ein „Vernetzungszusammenhang" der Rezensionen erkennen?
Wie genau ist/war die Textlektüre des/der Rezensenten/Rezensentin?
Welche Rezension erscheint Ihnen am zutreffendsten und originellsten?
Lassen sich Unterschiede in der Bewertung erkennen zwischen Rezensentinnen („der frauliche Blick") und Rezensenten („der männliche Blick" – vgl. die Rezension aus der FAZ, S. 98 ff.!)?

Produktive Aufgaben

Schreiben Sie eine eigene Rezension für eine Zeitung;
Erstellen Sie, ausgehend von den hier vorliegenden Kritiken, eine Liste besonders zugkräftiger Überschriften (z. B. „Gruppenbild mit Ungeheuer").

„Wenn die Tür aufginge ... und er jetzt hereinkäme ...!?" – überlegt die Erzählerin. Wie würde er reagieren, was würde er tun, was würde passieren, sähe er seine Familie bei einer Flasche „Spätlese" vor einem riesigen – toten – Muschelberg sitzen und Bilanz ziehen, Bilanz über ihn, den Verursacher von Unzufriedenheit, Gängeleien, Manipulation und Tyrannentum?
Aber – die Tür geht nicht auf, er kommt nicht herein. Er, der Vater eines Sohnes und einer Tochter, aus deren Perspektive die Geschichte erzählt wird, ist abwesend, befindet sich auf einer Dienstreise. Er ist abwesend die gesamte Erzählung hindurch und doch fortwährend anwesend – bedrohlich dominierend, präsent in etlichen, zuweilen einseitigen Schattierungen. Er, die eigentliche Hauptfigur dieser Erzählung, wird beschrieben, analysiert, seziert und als Vater, Ehemann, Spießer, Despot und Familientyrann übelster Art entlarvt.
Mit ihrer ersten Erzählung „Das Muschelessen" liefert die 1956 in Dahme/DDR geborene und seit 1963 in Frankfurt am Main lebende Autorin Birgit Vanderbeke einen psychologisch eindringlichen, unter die Haut gehenden Beitrag zu jenen Auseinandersetzungen und Abrechnungen mit der oder Hommagen an die Figur des Vaters, die besonders in den siebziger Jahren ein beliebtes literarisches Thema waren – denkt man an Brigitte Schwaiger, Ruth Rehmann oder Christoph Meckel.
Das Besondere an dieser kleinen Erzählung ist nicht nur der diesjährige Ingeborg-Bachmann-Preis, mit dem die Autorin vor wenigen Monaten im österreichischen Klagenfurt für diesen damals noch unveröffentlichten Text ausgezeichnet wurde. Es ist vor allem die imponierende, durchgängige Konstruktion und die Spannung, die durch den Wechsel von erzählter Zeit und retardierender Reflektion über die er-, aber auch vor allem „ver"-lebte Kindheit erzeugt wird. Diese Erzählung bietet viel: sie hält den Leser in Atem wie eine Kriminalgeschichte, beeindruckt durch sprachliche Formulierungen, den Redefluss und exakte Beobachtungen, wenn die Erzählerin erkennt, dass das Familienleben ein gänzlich anderes wurde, sobald der Vater aus dem Haus war. Nichts mehr von dem „Feierabendgesicht" der abgearbeiteten Mutter, Ehefrau und Lehrerin, die es zu einer wahren Meisterschaft gebracht hat im „Gesicht ein- und umstellen", der die Flucht in den Westen zu verdanken war, da der Vater „für solche Geschichten nicht zu gebrauchen" und bereits beim Schmuggeln von zwei Kilo Bananen „prompt" erwischt worden war.
Schlag 18 Uhr wird gegessen, da spielt man „richtige Familie" mit der gediegenen Wohnzimmereinrichtung aus „Eiche", mit der Briefmarkensammlung als Investition für die Zukunft, mit der „akustischen Wohnzimmerpest" – Verdi, für den nur der Vater schwärmt und immer wieder die sonntäglichen Spaziergänge, ohne die „romantische Ader"

ausleben zu dürfen, ohne den bunten Feld-Wald-und-Wiesenstrauß, den die Mutter allzugern mit nach Hause gebracht hätte.

Der eigenen Neigung nachgeben, das konnten die drei, die sich immer dann solidarisierten, wenn sie allein waren: „Wenn mein Vater auf Dienstreise war, habe ich lesen dürfen, soviel ich wollte, ich habe auch länger als eine Stunde Klavier üben dürfen, sogar weniger, ich durfte Klavier üben, wie ich wollte, was es sonst nie gegeben hat, und schon deswegen bin ich traurig gewesen, wenn er dann wieder nach Hause kam, und meine Mutter ist traurig gewesen, weil mein Bruder dann schnell noch den Müll runtertragen hat müssen mit all den Blumen und Zweigen und Gräsern darin, damit mein Vater sie nicht bei ihrer unausrottbaren Ländlichkeit erwischt ...“

Es sollte ein Festessen werden, „Das Muschelessen", anlässlich der zu erwartenden Beförderung des Vaters. „Muscheln" galten als besondere Gaumenfreude, auch wenn die Mutter immer wieder erklärte, „ich mache mir nicht viel daraus ..., während sie über die Badewanne gebeugt stand ... beide Hände sind knallrot gewesen, weil sie sie beim Muschelputzen unters fließende kalte Wasser gehalten hat, und dann hat sie gründlich kratzen, schrubben, bürsten und mehrfach spülen müssen, weil mein Vater nichts mehr gehasst hat, als wenn er beim Essen auf Sand in den Muscheln gebissen hat ...“

Es ist sechs Uhr, nur der Vater ist noch nicht „heim"-gekehrt. „Um drei nach ist meine Stimmung ins Ungute, ja ins geradezu Unheimliche gekippt." Es ist kaum zu glauben, wie ekelhaft, diese Kreaturen, habe ich gesagt, irgendwie japsend, statt Meerwasser kriegen sie Luft, in der sie nicht atmen können, und gleich werden sie abgebrüht im kochenden Wasser, und dann gehen sie alle auf, aber dann sind sie hin ...

Den Muscheln gleich sind die drei ausgeliefert, nur ab und zu brechen sie aus, distanzieren sich, haben ihre Heimlichkeiten, artikulieren ihre Wünsche, aber als das Telefon die Rückkehr des Vaters einläutet, denkt die Mutter „Medea: alle vergiften, dann ist Ruhe", und zitiert Fontane: „Er hat viel Gutes in seiner Natur und ist so edel, wie jemand sein kann, der ohne rechte Liebe ist." Der Sohn beseitigt die Spuren der kurzen „Freiheit", trägt die unverzehrten, toten Muscheln zum Müll. Diese imponierende und grauslige Erzählung bewirkt gleich zweierlei: das Nachdenken über die individuelle Sozialisation und das Einprägen des Namens eines neuen Erzähltalents: Birgit Vanderbeke.

Susanne E. Giegerich

Eichenschrankfassade

Das Knacken der Muscheln, die in einer Schüssel auf ihren Tod im kochenden Wasser warten, verheißt Unheil. Doch nur mit diesem einen Bild vom sterbenden, später faulenden Muschelberg erregt Birgit Vanderbeke Ekel, in ihm verdichtet sie vergangene, mühsam heruntergewürgte Schmach. Auf den folgenden gut 100 Seiten ihrer Erzählung windet sich die diesjährige Ingeborg-Bachmann-Preisträgerin eher kühl-sezierend durch das Geschehen an dem Abend, an dem die Muscheln faulen und der Vater nicht wie gewohnt Schlag sechs zur Tür hereinkommt, um nach mehrtägiger Abwesenheit wieder das „richtige Familienleben" zu zelebrieren. Das ist das Stichwort: der Vater bleibt aus, und der Druck der Jahre, schwer lastete er auf Mutter, Sohn und Tochter, entlädt sich in einer an Thomas Bernhard geschulten Redesuada. In einer Spannung erzeugenden Pendelbewegung rückt der autobiographisch eingefärbte innere Monolog der Tochter zwei Schritte vor an jenem Abend und einen zurück in die Kindheit, die der Vater, autoritärer Naturwissenschaftler, mit seiner Pedanterie, Egozentrik und spießigen Starre vergiftete. Er hetzte und demütigte die Mutter, drosselte die Vitalität aller auf ein Minimum. Er, der von „unten nach oben" kam, hielt sich für seine uneingestandene Scham über seine Herkunft an der Familie schadlos.

Birgit Vanderbekes Erstlingswerk zählt nicht zu den grellen Schock-Büchern; Vanderbekes Vortasten und Rückschauen hat vielmehr etwas beklemmend Eindringliches. Die Stationen, die die Ich-Erzählerin im Erinnerungsprozess stellvertretend für Mutter und Bruder durchläuft, bestechen durch ihre klare, knapp gehaltene Symbolik. Die Autorin zerstört die schäbige Idylle, hinter deren Eichenschrankfassade kaum wahrnehmbar ein familiäres Inferno tobt. Mit dem Hinweis darauf, dass der Familie die Flucht vom Osten in den Westen gelungen ist, wendet Vanderbeke ihre Erzählung gleichsam ins Politische. „Das Muschelessen" wird damit zugleich zu einem unerbittlich ehrlichen Kapitel deutsch-deutscher Familiengeschichte.

Astrid Braun

Es steckt in uns

Mögen Sie Muscheln? Nach dem Lesen der Erzählung von Birgit Vanderbeks „Das Muschelessen" werden Sie diese Frage verneinen, so körperlich ist die Geschichte; das Klappern der halbtoten Muscheln, das täglich frische, wäschesteif-trockene Tischtuch zwischen den Fingerspitzen, wenn man auf das pünktliche Abendbrot mit der ‚richtigen' Familie wartet, die Atmosphäre jeden Sonntagmorgen, wenn der Vater die Kinder im Wohnzimmer gefangenhält, um gemeinsam Verdi zu hören, und das Bild der Mutter, die für die Familie „rackert" und deren Haare trotz Toupieren nie halten.

Der Mief kalter, anonymer Spießbürgerlichkeit zieht wie Bodennebel durch die Zimmer und bleibt am Leser hängen, ein Terrorregime en miniature, eine deutsche Vater-Mutter-Geschichte, die jeder so und anders kennt.

Birgit Vanderbeke erzählt aus der Sicht der volljährigen Tochter einen fünfstündigen Familienabend, der für die Mutter und den jüngeren Bruder zur Rückschau der letzten zwanzig Jahre eskaliert.

Das ungewöhnlich lange Warten auf den Vater gleicht der Angst vor dem Sensenmann oder zumindest vor einem unerbittlichen Diktator, der genaue Vorstellungen über richtig und schön hat, und zwar seine Vorstellungen, und diese muss die Familie marionettenhaft ausfüllen, obwohl keiner der drei sie nachvollziehen kann. Vaters Regime funktioniert, er spielt einen gegen den anderen aus und macht sie sich so untertan.

Doch trotzdem, wie kann dieser Vater so mächtig werden? Schuld trifft auch die drei, denn sie zweifeln und erdulden; ihre Chance liegt darin, dass sie nicht vollkommen resignieren und in den vier Stunden des Wartens ihr Unglück als Angst erkennen und am Ende tatsächlich handeln. Warum lesen wir solche Geschichten? Weil sie den Ingeborg-Bachmann-Preis 1990 erhalten haben? Bücher werden nicht für Preise geschrieben, doch dadurch fallen sie erstmal auf.

Weil wir selbstzerstörerisch uns an die deutsche Misere penetranter Kleinbürgerlichkeit erinnern wollen, der Heinrich Mann mit dem „Untertan" ein Denkmal setzte? Sie ist nicht gänzlich von uns gewichen – die deutsche Sucht nach Logik im Leben, Geld als Zukunftsversicherung und Glorifizierung der Technik. Es steckt in uns, und bevor wir das vergessen, sollten wir dieses Buch lesen.

Oder, weil wir ästhetisch-sprachliche Genüsse suchen und uns weiden wollen an bildlicher Ausdruckskraft, an der scheinbar so leicht daherkommenden Sprache, die von Redundanz lebt und uns nie langweilen lässt? Die Erinnerung an Thomas Bernhard erkennt man als gute Schule, nicht als Plagiat.

Dieses Buch ist weder eine pure Vergangenheitsbewältigungsschau noch ein l'art pour l'art Werk, es ist eine schriftstellerische kleine Meisterleistung, die solides Autorenhandwerk ausweist. Kein Detail zu viel zur Charakterisierung der Figuren und Beschreibung der Wohnung. Kein Wort verliert sich grundlos in diesem schmalen Bändchen.

Birgit Vanderbeke weiß die Kunst der Redundanz zu handhaben, mosaikhaft baut sie die Beobachtungen über die Personen aneinander, und was zu Beginn Familienidyll scheint, entlarvt sich nach zwanzig Seiten als Trugschluss und ist am Ende die Katastrophe.

Muscheln möchte ich nun nicht mehr essen, aber ein neues Buch von Birgit Vanderbeke lesen.

Roswitha Haring

Der Suppenkaspar saß mit am Tisch in jeder deutschen Nachkriegskindheit, und sein schlimmes Ende illustriert – „wie ein Fädchen dünn" – die Ambivalenz von Verweigerung und Selbstbestrafung als das Resultat „gelungener" Erziehung. Die Speise, die der Zappelphilipp ausschlägt, ist das Gesetz, das er an sich selbst vollzieht: sich aus der Welt zu schaffen.

„Ich wünschte, ihr wäret nicht geboren", lässt Birgit Vanderbeke ihren deutschen Nachkriegsvater sagen, und ihre Ich-Erzählerin nimmt Platz an jenem hochsymbolischen Ort, wo die Fiktion der „richtigen Familie" den Zusammenbruch der falschen Ideale kitten helfen muss: Der kleine Hitler und seine Untertanen gruppieren sich in Birgit Vanderbekes Prosadebüt „Das Muschelessen" um den gedeckten Tisch zum Gruppenbild mit Ungeheuer. Am Abend der Erzählung freilich findet das traditionelle Muschelessen ohne Patriarchen statt. Der Vater bleibt aus an diesem Abend. Auf dem Küchentisch steht ein Topf voll Muscheln, die langsam kalt werden. Und die Phantasie, der Alte wäre tot, macht den Untertanen Mut zum verbalen Vatermord. Nach drei Stunden Wartezeit ist nichts mehr, wie es vorher war.

In einer absatz- und abstandslosen Redesuada rekapituliert Birgit Vanderbeke in ihrer – in Klagenfurt preisgekrönten – Erzählung den Terror einer deutschen Nachkriegskindheit, in der ein Patriarch die Seinen mit Schlägen und mit Schweigen zu seinem Eigentum dressiert. Und sie hält eine merkwürdige Balance zwischen Aufsässigkeit und Unterwerfung im monologischen Furor ihrer Endlossätze, die den Schock der Erkenntnis, den Schrecken über das eigene Aufbegehren widerspiegelt. Der Ton, rückhaltlos subjektiv, ist so ungerecht, wie er aus Kinderperspektive sein muss. Und er bildet zugleich das brachiale Grundmuster der väterlichen Selbstgerechtigkeit in der monomanischen Struktur des Textes ab. Die Erzählung entwickelt einen Sog, der auch die wüstesten Klischees noch als das infantile Pathos einer tödlichen Kränkung ausweist: Der kleinbürgerliche, überlebensgroße Aufsteiger, der, in den sechziger Jahren aus der DDR geflohen, seinen „gesamtdeutschen Vollständigkeitstraum" in einer Briefmarkensammlung austobt, die Mutter, die als Treiber in der Jagd in unentwegter Unterwürfigkeit dem Herrn zu Diensten ist, die Tochter, die zu trotzig und „uncharmant", der Bruder, der zu rosig und „weichlich" ist – das wäre bloß eine Ansammlung von Schießbudenfiguren, hätte die krasse Übertreibung nicht ihren Anker in der Kinderperspektive. Mit einer naiven parataktischen Geschwätzigkeitsrhetorik („meine Mutter hat dann gesagt", „hat mein Vater da gesagt") zwingt die Autorin den Leser in die Knie und den Blick nach oben. Von unten sieht alles überlebensgroß aus und das meiste fürchterlich.

So mag zwar der Hallraum der Ambivalenzen fehlen in dieser Hasstirade infantiler Schrecken, doch folgt sie mit der rechthaberischen Verengung der Perspektive der Logik des Familienkerkers. Sie führt ins Zentrum einer Macht, die innen hohl ist, wie die Phrasen und die physische Gewalt, die sie stützen im Namen eines „Glückes", das aus der hinlänglich diagnostizierten „Unfähigkeit zu trauern" die Gewalt reproduziert, die sie unter dem Deckmantel der familiären Harmonie zu verbergen trachtet.

Andrea Köhler

Immer diese Väter

Jeder Mensch hat einen Vater. Jeder Mensch wird seinen Vater, sofern er ihn kennt und erlebt, zuzeiten lieben und zuzeiten hassen; er wird das eine Mal die Abwesenheit des Vaters als Schmerz erfahren und ein anderes Mal dessen Anwesenheit nicht ertragen können. Gewiss, jeder Mensch hat auch eine Mutter, und es ließe sich über das Verhältnis eines jeden zu seiner Mutter keineswegs weniger Bedenkenswertes sagen als über das zum Vater.

Doch muss hier vom Vater die Rede sein. Denn zwei Trägerinnen des Ingeborg-Bachmann-Preises, der wichtigsten Auszeichnung zur Förderung deutschsprachiger Prosatalente, haben sich in ihren preisgekrönten Texten mit einer Vatergestalt beschäftigt. Beide Texte liegen nun gedruckt vor – und sind vollkommen missglückt. Angela Krauß, 1950 in Chemnitz geboren und Preisträgerin von 1988, legt das kurze Prosastück „Der Dienst" vor. Birgit Vanderbeke, ausgezeichnet in diesem Jahr und 1956 ebenfalls in der DDR geboren, debütiert mit der Erzählung „Das Muschelessen". In beiden Büchern wird die Abwesenheit des Vaters von der als Ich-Erzählerin auftretenden Tochter zum Anlass genommen. Erinnerungen an und Gedanken über ihn mitzuteilen.

In Birgit Vanderbekes Erzählung warten Mutter, Sohn und Tochter am Abend auf die Rückkehr des Vaters von einer Dienstreise. Bald erfährt der Leser, dass der Vater Naturwissenschaftler mit akademischem Abschluss und in einem größeren Betrieb angestellt ist: dass er ein Ehrgeizling und also sehr entschlossen ist, die alleroberste Sprosse der Karriereleiter zu erklimmen. Außerdem erfährt man später, dass die Familie „aus dem Osten" flüchtete, „über den Stacheldraht", und dass die Mutter damals schon jenen großen Emailtopf bei sich hatte, in dem sie Vaters Leibgericht, die titelgebenden Muscheln eben, zu kochen pflegt. An besagtem Abend wird der Vater von einer Dienstreise zurückerwartet, die „der letzte Meilenstein auf dem Weg zur Beförderung gewesen sein sollte". Zum feierlichen Anlass werden nun Miesmuscheln vorbereitet. Doch der Vater bleibt aus. Was zwischen 18.03 und 21.45 Uhr – die Autorin nimmt es mit den Zeitangaben sehr genau – in Küche und Wohnstube und zumal im Kopf der Tochter sich abspielt, wird eingehend geschildert. Die Erzählung bricht jäh ab mit dem Läuten des Telefons, doch bleibt offen, ob es sich bei dem Anruf um die Nachricht handelt, dass dem Vater etwas zugestoßen ist, oder ob er selbst seine verspätete Ankunft ankündigt.

Bei Angela Krauß indes wird der Leser über das Ende des Vaters nicht im ungewissen gelassen. Die Szene spielt im Erzgebirge. „Die fünfziger Jahre begannen gerade", heißt es auf einer der vorderen Seiten, und es endet im Oktober 1968 damit, dass der Vater sich „im Dienst" erschießt. Warum, bleibt im dunkeln. Überhaupt scheint Angela Krauß Andeutungen zu lieben. Wohl ahnt man, dass der Vater dort im Uranbergbau zu tun hat, dass er der fortwährenden Strahlenbelastung wegen eine Krebsoperation durchleiden musste. Allein, was genau sich zugetragen hat, kann niemand sagen. „In seinem 48. Lebensjahr geriet er in etwas hinein", wird lediglich über den Vater geraunt.

Obschon sich beide Autorinnen eines Gegenstandes angenommen haben, der uns alle interessieren müsste, bleibt man merkwürdig ungerührt. Das ungewisse Schicksal des einen Vaters und der gewaltsame Tod des anderen lassen gleichermaßen kalt. Ja, die Leiden, Gedanken und Erlebnisse der Töchter gehen uns bei fortschreitender Lektüre auf die Nerven.

Denn beide Vaterfiguren sind blutleere Geschöpfe. Der Vater im „Muschelessen" ist ein konturloses Ungeheuer. Kein Klischee hat Birgit Vanderbeke ausgelassen, um die autoritäre Monstrosität, die dünkelhafte Halbbildung, die gewaltige Dummheit dieses Vaters zu illustrieren. Seinen Kindern sagt er: „Ich wünschte, ihr wäret nicht auf der Welt", und schlägt sie bisweilen blutig. Samstags muss er die „Sportschau" sehen, an Sonntagen zwingt er Frau und Kinder zu Spaziergängen. Er ist auf einen Service für Briefmarkensammler abonniert. Seine Ehefrau wünscht er sich als präsentables Mäuschen mit lackierten Fingernägeln. Mit einem Wort, und das wird die Autorin nicht müde zu wiederholen: er will „eine richtige Familie". Dieser Vater ist ein Abziehbild: er ist weder furcht- noch mitleiderregend, er ist eine Witzfigur. Deshalb vermag das treulich und holpernd geführte Protokoll all der Plagen, die er über seine Familie bringt, den Leser auch nicht im geringsten zu erschüttern.

Was beim „Muschelessen" zu plakativ gerät, tritt im „Dienst" als kaum erkennbare Scheme auf. Man sieht den Vater „morgens auf einem alten schwarzen Rad der Firma *Wanderer* die Straßen hinauf" und am Abend wieder nach Hause fahren. In unverbundenen Momentaufnahmen fällt ein zu schwaches Licht auf den Vater und seine Arbeit in der Uranzeche. Was geschah an jenem ominösen Tag, „da er sein Leben verstanden hatte"? Man erfährt es nicht. Warum hat er sich kurz darauf umgebracht? Man kann nur raten. Der Einwand kann nicht gelten, es werde ja aus der Perspektive des Kindes und also zwangsläufig fragmentarisch erzählt. Denn immer wieder meldet sich die Erzählerin mit trockenen und gar nicht kindlichen Lexikonsätzen zu Wort („In den Phyllit eingelagerte Quarzite treten als Felsrippen heraus, verhärtete Kontaktschichten umschließen wallartig die Granitkessel").

Aus der Konturlosigkeit der Vaterfiguren folgt, dass auch alles andere verschwimmt. Sicher dürfen wir annehmen, dass die Berichte zwar biographisch geprägt sind, aber doch vor allem exemplarische Erfahrungen und wohl auch etwas über den gesellschaftlichen Hintergrund mitteilen wollen. „Das Muschelessen" spielt in einer namenlosen Stadt in der Bundesrepublik irgendwann am Ende der sechziger Jahre. Warum ist dieser Vater so fühllos und grausam? Warum läuft all seine Besessenheit auf die fixe Idee hinaus, eine „richtige Familie" zu haben? „Weil er keine gehabt hat." So einfach ist das. Wurde diese Familie nicht gerade durch jenes besonders beständige, weil aus Hass und verzweifelter Liebe geknüpfte Band zusammengehalten? Gab es keine Kämpfe zwischen den Tyrannisierten um die Gunst des Tyrannen? Nichts von alledem, statt dessen stets der gleiche Frontverlauf zwischen immer guter Restfamilie und immer bösem Vater. Wäre die Wirklichkeit so übersichtlich wie hier gezeigt, wir bräuchten keine Literatur, um sie besser zu verstehen.

Gar nicht übersichtlich etwa ging es im Uranabbau in der DDR zu, der über Jahrzehnte hinweg von der Sowjetunion monopolisiert wurde. Gerne hätte man von Angela Krauß mehr erfahren über die Zwänge, denen sicher nicht nur dieser eine Vater unterlag, der seiner Tochter hin und wieder von einem ominösen Ernstfall erzählt, bei dessen Eintreten „man Tücher und Hüte befeuchten" müsse, „ehe weitere Anordnungen folgen"; mehr über das Örtchen Schlema im ehemaligen Bezirk Karl-Marx-Stadt, wo „Der Dienst" spielt; mehr über die Lage der vielen Menschen aus der Sowjetunion, die dort lebten; mehr, kurzum über die immerhin fast zwei Jahrzehnte DDR, die der vierzig Seiten umfassende Text umspannt. Aber außer Andeutungen, die wahrscheinlich bedeutungsvoll sein sollen, wird nichts geboten.

Es wird nicht einmal sprachlich etwas geboten, womit das doppelte Desaster endlich komplett ist. Während Birgit Vanderbeke im bewusst umgangssprachlichen Plauderton erzählt und sich dabei fortwährend ins Wort fällt, befleißigt sich Angela Krauß einer ausgesprochen distinguierten Diktion. Birgit Vanderbeke hat ihr Buch gleichsam in C-Dur geschrieben und singt es wie einen Kinderkanon lauthals hinaus („er hat auch nirgendwo mit ihr hingekonnt"). Über ganze Seiten ziehen sich die endlos leiernden und konsequent in schlechtestem Deutsch geschriebenen Sätze hin. Kaum mehr zu glauben, dass es sich hierbei um einen Kunstgriff handelt; dass Formulierungen wie „totale vollständige Überfüllung unseres Wohnzimmers" absichtlich falsch sein sollen. Der flachen und verworrenen Prosa Birgit Vanderbekes ist man bald überdrüssig.

Matthias Rüb

Zeittafel/Werkübersicht

1956 Birgit Vanderbeke geboren in Dahme (Brandenburg)
1989 Niederschrift des *Muschelessens*
1990 Lesung in Klagenfurt (Auszüge); erhält den Ingeborg-Bachmann-Preis. Der vollständige Text erscheint als Buch.
1992 *Fehlende Teile*
1993 *Gut genug*
1995 *Ich will meinen Mord*
1996 *Friedliche Zeiten*
1997 *Alberta empfängt einen Liebhaber*
     Kranichsteiner Literaturpreis für das Gesamtwerk
1999 *Ich sehe was, was Du nicht siehst*
2001 *abgehängt*
2003 *Geld oder Leben*
2005 *Sweet Sixteen*
2006 *Ich bin ganz, ganz tot in vier Wochen. Bettel- und Brandbriefe berühmter Schriftsteller*
2007 *Die sonderbare Karriere der Frau Choi*
     Birgit Vanderbeke lebt in Frankfurt/M. und in Südfrankreich.
2011 *Das lässt sich ändern*

„Eine Grunderfahrung geht aus meiner Biographie hervor: Meine Familie ist 1961, kurz vor dem Bau der Mauer, vom Osten in den Westen gegangen. Ich war praktisch von eben auf jetzt fremd, erst im Lager, dann in der Umgebung, wo ich aufgewachsen bin. Ich bin ganz lange ein Ostkind gewesen. So kam das ‚Muschelessen‘ in Gang. Ich habe es im August 1989 geschrieben, als ich mir klarmachte, dass all diese Leute, die vom Osten in den Westen kommen, ‚Ostmenschen‘ sein werden (das Wort ‚Ossi‘ gab es noch nicht). Das ist eine tiefgehende Erfahrung, die inzwischen der ganze Osten macht. Das Fremdsein ist mit Sicherheit häufig ein Schreibanlass, denn auch im Vertrautsein liegt eine große Fremdheit, die katastrophal werden oder die gemeistert werden kann. Über diese Dinge erzähle ich."

(„Maggiwürfel" in „Mein erstes Buch")

Literaturnachweise

Hans Jürgen Balmes (Hrsg.), Mein erstes Buch. Autoren erzählen vom Lesen. Frankfurt am Main 2002

Astrid Braun, Eichenschrankfassade. In: Buchjournal 4/90

Jonathan Culler, Dekonstruktion. Reinbek b. Hamburg 1999

Walter Erhart/Britta Herrmann, Feministische Zugänge – „Gender Studies". In: Heinz Ludwig Arnold/Heinrich Detering (Hrsg.), Grundzüge der Literaturwissenschaft. München 1996, S. 498 ff.

Susanne E. Giegerich, Abrechnung mit dem Vater. In: Aachener Nachrichten, 10. November 1990

Roswita Haring, Es steckt in uns. In: Leipziger Tageblatt, 24. April 1991

Andrea Köhler, Gruppenbild mit Ungeheuer. In: Basler Zeitung, 7. Dezember 1990

Matthias Rüb, Immer diese Väter. In: Frankfurter Allgemeine Zeitung, 2. Oktober 1990

Birgit Vanderbeke, Das Muschelessen. Berlin 1990 / Frankfurt am Main 2000 (Großdruck)

Birgit Vanderbeke, Fehlende Teile. Berlin 1992 / Frankfurt am Main 1998

Birgit Vanderbeke, Gut genug. Berlin 1993 / Frankfurt am Main 1999

Birgit Vanderbeke, Ein Gespräch über das Leben und die Liebe. In: Fischer-Lesezeichen 4/1999

Richard Wagner (Hrsg.), „Ich hatte ein bißchen Kraft drüber". Zum Werk von Birgit Vanderbeke. Frankfurt am Main 2001

Notizen

Notizen